純白の夜

三島由紀夫

角川文庫
15580

一

世間一般できかれる村松夫人への批評は、「お高くとまっている」ということだった。可成《かなり》永く彼女とつきあった人でも打ちとけきれないものが郁子《いくこ》にはあった。深い附合をひけらかす穿《うが》った観察、たとえば「世間では悪党だと思われてるがああ見えても善人なんだよ」とか、「あれでなかなか気の弱い一面があるんでね」と謂《い》った観察を、にべもなくはねかえすようなものが郁子にはあった。

誰の罪だったろう。このような先入主に動かされずに郁子を見れば、その美しさには心安い美も含まれていることに気づく筈《はず》だった。折ふし気のきいた冗談も云った。言ったあとからすぐ暴《ば》れてしまう無邪気な嘘もついた。帰ろうとする客は十分に引き止めた。親しい友達が病気になれば見舞を欠かさなかった。附合う人たちの吉凶禍福をよくわきまえ、結婚と誕生と栄転には情愛にみちた祝辞を、失恋には見て見ぬふりを、不幸にはみごとな弔辞を、いつも手ぬかりなく用意していた。……しかるに、これらすべてのことが、どことはなしに誠意を欠いているような印象を人に与えた。一番わるいことには嘘でさえが、誠意を欠いた嘘のようにきかれたのである。

たえず人に与えるこの普遍的な印象、「どこかしらお高くとまっている」という印象は、――そしてともすれば、それが誠意の欠如から来るらしいという印象は、――郁子の精神の或《あ》る微妙な怠惰のなせるわざであろうか。

良人《おっと》の村松恒彦《つねひこ》は一向こうした批評に気づいていなかった。昭和二十三年の秋の一日、たまたま日曜日が黄道吉日に当ったところから、東京会館別館で行われた恒彦の学校友達の結婚披露のお茶の会に、二人は出席した。そこで恒彦の銀行の同僚である沢田に会った。会が果ててからも沢田がついてくるので、三人で有楽町でお茶を飲んだ。街は暮れかけていた。恒彦がちかくのS画廊にドラクロアの良いデッサンが出ているそうだから見に行こうと提唱した。三人はまだがらんどうの焼け趾《あと》をさらしている泰明小学校前のS画廊へ立寄った。

「僕は絵がわからんのでねえ。しかし絵を見るのは実に好きなんだ」

沢田は腕を組んでマチスの火事のような女の肖像と睨《にら》めっくらをしていた。何だってわざわざこんなことを言うのだろう、絵がわからないということを見栄《みえ》にしているのかしら、それとも相手ほしさに私たちについてくる照れかくしか言訳のためかしら、郁子はロダンの塑像から目を転じて沢田の背中を見た。この暇ありげな独り者は、よく村松家へあそびに来ては、郁子のピアノをきいて欠伸《あくび》を洩《も》らしていた。それが弾いている郁子にも気配でわかるのである。そのくせ、沢田は村松とふしぎにうまが合った。坊ちゃん育ちにあり勝ちな、抵抗のない友情を求めたがる村松の性格が、沢田のような男を必要とするのかもしれなかった。

一言にして云えば、沢田は役を弁《わきま》えないという御愛嬌《ごあいきょう》をもっていた。人生で彼のような立場に置かれたなら、誰しも洒脱《しゃだつ》な皮《ひ》肉家《にくや》か余儀ない道化者に自分を装う必要を感じそうなものだった。ところが沢田はそうではなかった。彼にはユーモアの才能も機智の才能もまるっきり欠けていた。この男は尤《もっと》もらしい顔つきで仕事と友情を処理しながら、旁々《かたがた》ラジオや時計の修理が巧《うま》かったり、妙なところに顔が利いて芝居の桟敷《さじき》がとれたりするところから、結構重宝がられる種類の人間だった。

「ドラクロアは出ていないね」

恒彦が郁子の耳もとでこう言った。

「出ていませんのね」

郁子は自分の意見というものを持たなかった。

S画廊は恒彦の父の代から村松家と関係のある画商である。戦時内閣に商工大臣をつとめて戦争中に死んだ万事に抜け目のない村松則彦《のりひこ》が、銀行員の息子が財産税支払から免かれた大観や栖鳳《せいほう》の大幅を、仏蘭西《フランス》近代絵画のデッサンと交換するけちくさいやり方を見たら、さぞかし慨嘆したことであろう。村松則彦にとっては大きいものだけが尊いので、前大戦当時のこの船成金は、死ぬまで丼のような茶碗《ちゃわん》で御飯をたべていたものである。

ギャレリイの片隅で半分居眠りをしながらお客を監視している学生は、臨時雇とみえて恒彦の顔も見知らぬらしく、恒彦に命ぜられて不承々々立って若主人を呼びに行った。若主人が出て来て、三人を小部屋に案内した。ドラクロアはもう売れてしまったのかと恒彦がきいた。

「はあ、早速売約済になりまして。丁度真向《まむ》きの品でございましたので」——真向きというのは、注文にはまったという程の意味である。

「どのくらいしたの」

「十七万でお話がつきました。まだお渡ししてないので、絵はここにございますよ。ごらんになりますか」

持って来たのを見ると、「ドン・ジュアンの難船」のためのデッサンと思われる船べりにつかまった亡者の粗書《あらが》きであった。郁子は良人のうしろからおずおずと画面をのぞきこんだ。

「これは本物だ」と恒彦が言った。

「東大の霧島《きりしま》先生もこの間ごらんになって、いいものだと仰言《おつしや》ってました」

「誰が買ったんだろう。目がある人だな」

「楠《くすのき》さんと仰言る方ですが」

「楠？　それじゃあ、あの楠だ」

恒彦は郁子の同意を求めるようにこう言った。しかし郁子は何も思い出さない。そういう人には会ったことがないと彼女が言うので、良人は一瞬妻が白を切っているように思った。よく考えると郁子はまだ廿二《にじゆう》二歳で、戦前の避暑地や東京での広い附合も知らずに廿歳で恒彦の妻になったので、楠を知らないこともありうるのだった。

「何ね、僕の学校友達で、最近また附合い出した男だよ。僕の銀行とそいつの会社と取引関係が出来たのでね。とにかく、すばしこいことこの上なしという男でね。ドラクロアの好《よ》いものが出ているそうだと楠に話したのは、たしか一昨日《おととい》なのに……」

彼は簡単にこう説明した。

「金のある奴は羨《うらや》ましいな」

多少自分の貧乏を衒《てら》う気味のある沢田が言った。ところが彼は、貧乏を衒うほどの金持でもないのである。

「金があるからというわけじゃないんだよ。楠はどんな滅茶《めちゃ》をするように見えても、ちゃんと帳尻《ちようじり》を合わせている男なんだ。見ててごらん、買ったドラクロアを見飽きると、今度は廿万ぐらいでまんまと誰かに売りつけるから」

郁子は席を立って、陳列室へ戻って、一人で絵の央《なか》に立っていた。何気なしにするこういう動作が、彼女がお高くとまっていると人から言われる原因の一つだった。別段良人の退屈な人物論をうるさがって立ったのではない。良人一人が彼女の行動の何気なさを知っている。およそ夫婦の間にこうした了解の完全さがありさえすれば、第三者の批評が何だというのか。

郁子は人が頭から美人だと決めてしまわざるをえぬような化粧や服装をしているために、生れながらの美しさの幾割かを、己れ自ら割引いている傾きがあった。その美しさは素のままの唇だった。しかるに彼女は米国製の口紅をやや濃い目に引いて、唇の素肌の茜色《あかねいろ》を隠していた。その美しさは洋館に生れて育って畳の生活にいじめられない流麗な脚線であった。しかるに彼女は、この夏以来徐々に流行《はや》りだしながらまだ物めずらしい長目のスカアトでこれを隠していた。

郁子が隠しているのは、啻《ただ》に外観ばかりにとどまらぬのかもしれなかった。苦しみを知らぬ安穏な生活のかげに、苦しみのみが発掘してみせる心情の稀《まれ》な美しさを、彼女は隠して、はては忘れているのかもしれなかった。このモダンな仮装の下に、感情の激湍《げきたん》を気軽な生活の田畑へ灌漑《かんがい》するすべも知らない古めかしい情熱的な女が、まどろんでいるのかもしれなかった。と謂《い》って自分をいつわっているわけではない。自分をいつわる努力にすら耐えがたいほど、彼女の精神は怠惰を愛していたのである。

若主人に送られて村松と沢田が陳列室へ出て来たとき、郁子は立ったまま手提から鏡を出して顔を直していた。沢田が言った。

「まるで奥さんも絵のようだね」

恒彦はこの月並な感想をからかってやる義務があった。

「郁子が君のワイフだったらそうは見えまいがね」

郁子は手提を閉じて、恒彦と軽い目くばせを交わして、彫刻のむこう側から出口のほうへ向って歩いた。

恒彦が言った。

「じゃあ、沢田君、ここで失礼。家内と晩飯を一緒にする約束があるんだ」

今しがたの噂話にはきこえぬふりをした郁子が、この別れの挨拶《あいさつ》をきくと、夜の戸外へひらかれた出口のところで、手袋をはめながら沢田のほうへ振向いて、漂うような微笑の会釈をした。

二

二三日して楠が恒彦の銀行へ電話をかけてよこした。楠は沈着な、筋道のよく立った話し方をした。恒彦はどちらかというと口疾《くちど》のほうである。いきおい楠が恒彦の話を概括して結論を与える側になった。用談がそうして済んだ。すると楠が言い出した。

「ああ、それからね、この間君から話をきいたドラクロアを早速買ったよ」

「あいかわらずの早業だね」

恒彦は口籠《くちごも》った。

「今晩は丁度暇だから君の家へ見せに行こう。七時すぎなら君はいるね」

「ああ、今日は六時にかえれる」

売約済の絵を見たことが業腹なので、些細《ささい》な見栄《みえ》から、恒彦はそれを言わなかった。

則彦が晩年に建てて移った家は、渋谷《しぶや》神山町《かみやまちょう》の高台にあった。昭和初年に邸町として開拓されたこの界隈《かいわい》は、たまたまその時代に家を建てる年齢にあった人たちが功成り名遂げて戦争に入って追放令や財産税でいちばん手きびしい打撃をうける運命の世代にあったので、今では戦前から同じ表札がかかっている家は、村松家の他に数軒をかぞえるにすぎなかった。大半は接収住宅、社長の社宅、インフレーションによる大成金の住い、下町で焼けた問屋や株屋の本宅、などに肩代りをして、元の持主はどこか郊外の小さな家へ追いやられてしまったなかで、村松家ばかりは西銀座にもっている地所の五分の一と、二つの別荘の片方と、数点の美術品とを売り払って財産税の支払に充て、あとは西銀座の高額な借地料や株券の値上りのおかげで、戦前の構えを維持していた。尤《もっと》も若夫婦だけでは不用心なので、戦災に会った元の女中頭の三人家族を恒彦が容《い》れた。

この邸には今以《もっ》て村松則彦の悪趣味の亡霊が生きていた。則彦の唯一の好い趣味と云ったら、一人息子の恒彦が廿八歳の年に、年歯わずか十五歳の岸田郁子を許《いい》婚《なずけ》として予約しておいたことかもしれなかった。この銀行資本家の娘は、今では一族郎党が追い出された岸田銀行に、わずかな姻戚《いんせき》の一人として残っている恒彦を、岸田家につなぐ紐帯《ちゅうたい》なのであった。

郁子は生前の則彦や、たびたび連れられてきたこの家や、ましてや良人《おっと》の恒彦のなかに、則彦の悪趣味の投影をみつけるほどの目はもたなかった。結婚後間もなく同居して来た三人家族にぶつかって、はじめて彼女は則彦の悪趣味のまざまざとした似顔絵を、むしろその下書きのあらけなさを見るのであった。

尤《もっと》も郁子のような育ちの女が見るものは、昔の女中頭のぶの莫迦々々《ばかばか》しいスノビズムや、先代の豪奢《ごうしゃ》な生活の思い出をことごとにふりまわすそのしたりげな口つきや、郁子に対する絶大な敬意の裏にちらつくその打ちとけない態度や、故則彦夫人からもらったと称する御所車の漆の羽織と水色綸子《りんず》の訪問着や、その縁なし眼鏡や、訪問客の男振りを噂する厭味《いやみ》な癖などにすぎなかった。のぶは何か言いかけて、ふっと口をつぐむことがある。郁子は気がつかない。そういうとき、のぶは恒彦を豪宕《ごうとう》な先代と比べて品騭《ひんしつ》しようとしたのである。

のぶの不満は恒彦の品行方正にあるのだった。

「若旦那《だんな》様は若奥様にあやつられていらっしゃるんだから仕方がない。十三もお年がちがうのに何てこった。大旦那様は決してそうじゃあなかった」

郁子より二つ年下の娘を相手にこんな蔭口《かげぐち》をきくことがある。貿易庁の三級事務官の息子には、どのみち沈黙であしらわれるので話しかけない。現在の村松家の二人の女中を一段下に見ている彼女は、女中たちと主人の蔭口を語り合ったりすることはなかった。

のぶは郁子のことを、どう考えても美人ではないと娘に屢〻《しばしば》言った。彼女は母親に共鳴して、こう答えるのが常である。

「そりゃあそうだわ。おめかしにあれだけお金をかければ誰だってあれくらいには見えるわよ」

午後七時に楠の自動車が村松家に到着した。郁子は、良人から電話があって帰宅が少しおくれること、七時半までには大丈夫かえれるからそれまで待っていてほしいこと、という伝言を伝えて客間にとおした。

雨になった。恒彦は傘をもたなかった。挨拶を交わすか交わさぬかに、郁子は女中に命じて渋谷駅へ傘をもって迎えに立たせた。

女中と並んで、傘をさしてかえって来た恒彦は、門前にしとどに濡《ぬ》れているビュイックの車体が、門灯に照り映えているのを見た。運転手がハンドルの上にひろげた夕刊をよみながら、おそい晩飯の弁当をたべていた。

郁子と楠が玄関へ出迎えた。客間から出て来た妻の顔が仄《ほの》かに上気しているのを恒彦は見た。そう見えたのは気のせいかもしれなかった。

「おや、手がひどく濡れているね」

握手をした楠が言った。

「僕は自動車を持たんからね」

「わるかった。迎えにやるんだった」

「いや、そんなつもりで言ったのじゃないよ」

郁子が黙って、手巾《ハンカチ》を出して良人の手を拭《ぬぐ》った。

客間には既に洋酒が供されていた。楠が紙挟みからとりだすデッサンを央《なか》に、男同志は議論を闘わした。何事にも負け惜しみの強い村松恒彦が、これくらいのありふれたデッサンを十七万は高いと揶揄《からか》ったので、楠はその負け惜しみを指摘して、現にS画廊でこれが売約済になっているのを見て口惜しがったのは誰だと言った。

「郁子が喋《しゃべ》ったな」

「あたくしではなくってよ」

「奥さんじゃないよ。きのう画廊の主人にきいたんだ」

郁子は炉棚の上に立てかけられた画箋紙《がせんし》を、すこし力をこめて見るような目つきで眺めた。怒っていたのである。

「奥さんじゃないよ！」というこの威丈高な弁護の調子には、何かしら越権の匂いがあった。彼女は弁護なんかされたくなかった。決して良人をあざむいたり裏切ったりしないという確信があるだけに、そうした疑いを自分一人でものの見事に処理してゆく喜びを、誰にも邪魔されたくはなかったからである。

このことでまた、彼女は良人に対しても怒っていた。

『私が喋った……私が喋った……何か恒彦さんに不利なこと、恒彦さんが面目を失うことを、私が喋ったと疑われた。たった卅《さんじっぷん》分間に……初対面の人とのたった卅分の対話のひまに……』

ふだんはこれほどこだわるたちでない郁子が、卅分の差向いにこうまでこだわるのは何事なのか？

良人のいない場所で、彼女は女友達となら別のこと、あんなに声高に笑ったことは嘗《かつ》てなかった。のぶがザクスカを持って入ってくる。のぶという女をはっきりした嫌悪で見たのもこれが最初である。楠は日照りと荒天とが交代する秋の或《あ》る日のような郁子の様子を、卓のむこうから細大洩《も》らさず見たのであった。

『謙遜《けんそん》な女だ。まるで確信というものを持っちゃいない』

楠はそう思った。

——「土曜日の草野井さんのダンスへ行かれますか？」

この質問を良人がわきから引取った。

「うん、郁子と行こうと思ってるんだよ」

草野井男爵はすでに五十七歳の生涯をダンスを伴侶《はんりょ》として独身で送って来た人である。彼の私生活についてはいろんな穿《うが》った噂があった。醜い四十恰好《かっこう》の家政婦がそれだという人がある。二十歳にみたぬ紅顔の書生がそれだという人がある。家政婦の休暇の日には、元男爵は書生と二人で台所へ出て、部屋着の上にエプロンをかけて、たのしそうに料理を作るのであった。

戦前から上流子女のダンス教授は、草野井男爵が一手販売の観があった。また草野井邸の教習所は、かつてチャールストンに反抗したように、今またジタバグに反抗することを以て、お上品好きの連中に信用を高めていた。楠は戦前のお弟子である。郁子と恒彦は戦後の教え子であった。戦後教習所が再開されて三周年の記念の小舞踏会が、土曜に草野井家で催されるので、楠のような古い弟子にも案内状が発せられていた。

「うん、郁子と行こうと思ってるんだよ」

郁子は耳をそば立てた。

彼女は行こうという相談を良人から前以て受けていたわけではなかった。しかるに良人はもう決めているような口振りである。

又してもその舞踏会で楠と落合うようなことになりたくない。ましてや楠の腕に抱かれて踊るようなことになりたくない。

こう思いながらも、まことに貞淑な動機から、彼女は恒彦の言葉に異をとなえて「行きたくない」という意志を表明することはつつしんだ。良人の友人の前で良人を傷つけたくなかったからである。

楠がかえる。皿やグラスをのぶと二人の女中が片付ける。のぶは別段給金をもらってこの家にいるのではない。客間へ菓子や料理をもって出るのは、彼女が出たがるからである。

郁子が茶の間の食器戸棚へしまう上等の器がまぎれないように厨房《ちゅうぼう》へ行った。のぶがグラスに残ったウィスキーの余瀝《よれき》を、一つのグラスに集めて飲んでいた。勿体《もったい》のうございますからと郁子に言った。

「好きならそう仰言《おっしゃ》ればいいのに。有るときはあげてよ」

郁子はのぶを多少鄭重《ていちょう》に扱った。

「いいえ、よろしいんでございます。これくらいが丁度結構で。……でも奥さま、きょうのお客様は本当にいい男振りでございますこと。わたくし見惚れてしまってお盆を落すところでございました」

郁子は判断を躊躇《ちゅうちょ》した。かえったばかりの楠の顔だちがもうはっきりと記憶に残っていないのである。それもその筈《はず》だった。三時間にちかいそのあいだ、彼女は一度もまともに楠の顔を見たことがなかった。

「そうお。まあおきれいなほうね。でもあなたの亡くなった旦那様ほどのことはないんでしょう」

「お人がわるうございますね」

のぶは死んだ良人を絶世の美男のように吹聴《ふいちょう》する癖があった。

——就寝前に恒彦がこう言った。

「ああいう男は、いわゆる女好きがするんだろうね」

「どなた？」

「楠だよ」

郁子は判断をためらわなかった。

「そこらのつまらない女の子が引っかかりそうな男だわ。土曜日のダンスにもなるたけあの方と踊らないですむようにして頂戴《ちょうだい》ね」

このやさしい懇願には、論理の撞着《どうちゃく》があった。恒彦は一向気がつかなかった。妻の中にある矜《ほこ》りの高さとその低さとのふしぎな断層に。彼は郁子が梳《くしけず》っている髪の美しさをつくづく見た。


かえりの車のなかで、楠は良人の雨に濡れた手を手巾で拭っている郁子の小まめな手の動きを思い返した。当然な聯想《れんそう》から、妻やその他《ほか》無数の女の手が記憶にうかんだが、どれもこれも下手くそなデッサンのように思われた。臆病《おくびょう》な女の常で良人がそばにいるとき却《かえ》って安心して示す郁子の媚態《びたい》は、なるほどお高くとまっていると批評されても仕方がない生硬なものだった。楠はかえって二人きりのときの郁子の無邪気な警戒心を好もしく思った。彼女は笑った。そして笑ったあとから、罪を犯したように黙るのであった。

このまま素直に家へかえるつもりでいた楠は、その素直さに郁子の影響が見出《みいだ》されはすまいかと疑い出した。こういう疑いが生れることからして、楠のような男には本意《ほい》ないことだった。彼は反抗した。運転手に命じて、赤坂の馴染《なじみ》の待合へ車を向けた。そして何物からも自由になったような気がして、シートの背にのびのびと頭を載せた。

彼はまだ青年だった。どれだけ世の中に怖いものなしという顔をしてみても、自分自身に対してだけは見栄《みえ》を張りたがるという青年の通弊を、その年齢はまだ免れていなかった。

三

土曜日になった。踊れない沢田までが、何となく村松夫妻について来た。誰にも歓迎されないこの男には、およそ詰らない場所などというものはありえないわけだった。

集まる人たちは草野井男爵の一種世捨人じみた鷹揚《おうよう》な風格を愛していた。男爵にとってダンスは何か抽象的な道楽だった。この世捨人から最新流行のヴァリエイションを習うというのも、囲碁の新手を御隠居様から教わるのと逕庭《けいてい》はなかった。見かけの新味にだまされていないのは、誰よりも男爵自身だった。彼は浮薄を憎んだが、節度をもった浮薄は、でくのぼうの重厚さよりも美しいことを知っていた。かるがゆえに元男爵はステップをやかましくいうのであった。

みんなはまた、幸いにして戦災を免かれたこの鹿鳴館《ろくめいかん》趣味の洋間を懐かしがっていた。客の半ばを占める年若な人たちは、背景なんかどうでもいいという顔つきで踊っていた。草野井男爵の寛容を内心莫迦《ばか》にしている彼等は、その恰幅《かっぷく》のいい外見とちょび髭《ひげ》から、海驢《あしか》という渾名《あだな》で蔭口《かげぐち》をきいた。

郁子はまず男爵と踊った。上達をほめそやされた。良人《おっと》と踊った。無難な紳士たちと踊った。楠はなかなか現われない。良人も楠のことを忘れているとみえて話題に乗せない。「楠さんは今夜は見えないのかしら」こういう一言を良人にむかって言いたいのだが、郁子は果さなかった。

何でもないこの一言、それを言いさえすれば気のすむ筈の一言を、言いづらくさせているものは、良人の沈黙以外には考えられない。この不安を彼女は良人のせいにした。そればかりか、ふしぎな弁証の筋道を辿《たど》って、そもそもがこんな舞踏会へ無理矢理に引っぱって来た良人が悪いのだと考えた。楠の前で良人が舞踏会へゆくことを言明しなかったら、彼女は誰に気兼ねもなく「いや」と言えた筈であった。

その実郁子は、「いや」と言えなかった原因を楠の罪におしつけることは忘れていた。忘却は案外己れに忠実な友である。

馴染の図々しい青年が申込んで来たので、郁子は踊った。彼が胸の手巾《ハンカチ》にふんだんに滲《し》み込ませているあまり上等でない香水の匂いが彼女をむかつかせた。歯の浮くようなお世辞をいうので、匆々《そうそう》に良人のところへ逃げかえった。

恒彦はその「歯の浮くようなお世辞」の報告を、興がって根掘り葉掘り訊《き》き返した。

「そんなにお笑いになるものじゃないわ。可哀そうにこっちを気にしているわ」

「あいつの兄貴は僕も懇意だけどね。弟よりもうすこし垢《あか》抜けのした男だったよ。あの洋服の肩はどうだい。衣紋《えもん》掛けみたいじゃないか」

沢田は、おどろくべきことには、退屈することとさえ知らないのだった。それが証拠には、好きな煙草さえあまり吸わないで、面白そうに満足してあたりを眺めていた。のみならず今の夫妻の対話で、自分にもあの青年に対する揶揄《やゆ》の権利が与えられたような心地がして、容赦のない合槌《あいづち》を打った。

「まったく奴凧《やっこだこ》みたいだな。ああいう洋服を着ていれば女にもてるつもりで着ているのかなあ」

郁子は沢田の方へ顔を向けて微笑した。ついぞないことだったし、彼女自身にとっても不可解な変化だったが、彼女は沢田の月並な感想がいつものようにうるさくなかった。ちっともうるさくなかった。

しかし沢田にしてみれば、この微笑は自分にむけられたものではないと解釈するほうが無難である。振向いてみた。窓があった。このときたまたま入ってきた自動車の前灯らしいものが繁みを大まかに明るませた。

楠は部屋の入口に立って、すこし爪先立って、人ごみを見まわした。まだ郁子たちは気づかれない。男爵が楠のほうへ近寄って、彼と挨拶《あいさつ》を交わすのが郁子には見えた。

郁子が不機嫌そうに黙りこくって坐《すわ》ったままなので、恒彦も敢《あえ》て立上って楠に合図する必要を認めなかった。彼が立上ったところで、妻は頑固に坐りつづけているだろうと思われた。『むこうが気がつくまで待つことにしよう』こんな郁子の様子を見れば、恒彦ならずとも、先程まで楠の遅参に内心を揺《ゆす》られていた女と郁子が同一人であろうとは、想像もつかない筈だった。彼女が今立上ろうともしないのは実に単純な理由で、いっそ迷信とでも云ったほうがよかった。郁子はただ単に楠の連れの女を見なければならないことが怖かったのである。

男爵が楠を三人の小卓へ案内して来た。郁子は楠の背後を目で探ったが、女の姿はなかった。

彼女は安堵《あんど》と一しょに我儘《わがまま》千万な不快を感じた。

『いやだわ。私がお相手をしなけりゃあならない。パートナアもつれないでいらっしゃるなんて』

なるほど郁子は気を揉《も》んでいた。捨てた仔犬《こいぬ》が帰ってきたようなこの感情の飼育に気を揉んでいた。


不在というものは、存在よりももっと精妙な原料から、もっと精選された素材から成立っているように思われる。楠といざ顔をつき合わせてみると、郁子は今までの自分の不安も、遊び友達が一人来ないので歌留多《カルタ》あそびをはじめることができずにいる子供の寂しさにすぎなかったのではないかと疑った。彼女は平気で楠とダンスをした。その冗談は冗談らしく事もなげに受けとった。はしゃいで見られまいとする警戒心からも全く自由な自分を感じた。郁子は、良人がいて、そして楠がいることに、山があって川があると謂《い》った自然の風景の構図をしか感じなかった。一方、沢田は紹介された楠を、例の場ちがいで困らせていた。恒彦は妻と目くばせを交わしながら、この応対を面白そうに眺めた。

「特許をおとりになったんですね、その合成樹脂製品の。うかがってみると有望ですね。僕もすこし株をわけていただくかね。五分配当は確実ですか」

彼がいつまでも名刺をひねくりまわしながら話すので、楠は恥かしい名刺ですからどうかお蔵《しま》い下さいと言った。すると沢田が不承々々名刺入れに蔵ってから言うのである。

「何がお恥かしいんです。社長じゃありませんか、あなた。われわれ銀行員は一生あなたのような、物とお金とが潑剌《はつらつ》と接吻《せっぷん》したり結婚したりする世界から絶縁されているんです。（恒彦はそばできいていて、ははあと思った。これは沢田の独創ではない。岸田銀行の最近の宣伝文句で、ポスタアに刷りこまれて事務室の壁に掲げてある。それは、『物と金との優生結婚は、経験豊かな媒酌人の当銀行へお委《まか》せ下さい！』というのである）僕なんぞ出納《すいとう》にいた時分は、昼間銀行にいる間だけ自分の貧乏をわすれていて、けちんぼな金持の心境がわかると思っていましたよ。何しろ一日中お札をかぞえているんですものね。ところが家へかえってはじめて自分の貧乏に気がついて我に返る気持と言ったら、まあ何ですね、結婚式場につとめているオールドミスの掃除婦みたいな感じですね。これはもちろんたとえですよ。僕が独身主義だというわけではありません。こんな年になってしまったけれど、まだ村松君と同い年ですもの、村松君の奥さんみたいな絶世の美人がこの先お嫁に来ないとも限りませんからね」

この長広舌を三人は一言も挟《さしはさ》まないで傾聴したが、凡庸な人間というものは喋《しゃべ》り方一つで哲学者に見えるものだという感想をおのおのが新たにした。どこかひどく凡庸なところがないと哲学者にはなれないが、してみれば沢田は哲学者の精髄のようなものであった。

郁子はもう楠を怖がってはいなかった。彼女はすこしずつ浮々と振舞うようになった。この上機嫌が幸福からだとは夢にも思わないで、自分が強くて何ものからも傷をうけない自信がついて来たからだと考えた。しかし幸福以上にわれわれに深い傷を与えうるものがあろうか？

恒彦はむしろ端的に、妻の陽気さの中に楠の影響を見るのであった。彼は妻が楠と踊りながら白い咽喉元《のどもと》を見せて笑うのを見た。次に彼女と踊ったときに、彼はことさらどぎつい口調で妻をからかった。

「どうしたんだ。このあいだの晩、楠と踊らないですむようにしてくれってあんなにたのんだくせに、今日はよく踊るじゃないか」

こう云われてみると彼女はその晩の懇願を思い出さないではなかったが、これほど危険というものから縁遠い今の堅固な心地のなかでは、物事に大事をとりすぎる考え方は、却《かえ》って危険への誘惑をそそる効能をしか持たないように思われた。

もともと陰気な嫉妬《しっと》よりも魅力のある妻をもった優越感に傾きがちな恒彦にとっ

て、妻がこんなに賑《にぎ》やかに振舞って人々の注目を浴びているのを悪い気持がするわけもないので、頬のほてりを冷ましに庭へ出たいという郁子に附添って、二人の友人と一緒に古風なヴェランダの手摺《てすり》に凭《よ》った。木彫が施されたアラベスク模様の手摺である。

「いい匂いがするね」

楠が言った。

「沈丁花《ちんちょうげ》だろう」——これは沢田の当てずっぽうである。

「沈丁花はひどい。いくら季節しらずの銀行づとめでも、これはひどい。あれは春だよ。今のは木犀《もくせい》にきまっているんだ」

恒彦がこう言ったので、皆が庭へ下りて物色すると、夜目にもしるい銀木犀が一隅にあった。楠は匂いのことなんか言い出した軽率を悔んだが、それは郁子の良人が冷汗ものの俳句でもひねくり出しはしないかと思ったからである。幸いバンドの喧騒《けんそう》が句境を擾《みだ》したので、一同はまた室内へ立戻って楠が郁子にダンスを申込んだ。此度《このたび》のダンスでは楠は全く物を言わなかった。郁子のほうから話しかける。簡単で要を得た男らしい返事をする。それだけである。曲が終りに近づいた。丁度二人はバンドのすぐそばにいて金ぴかのベースのかたわらを通った。すると楠が耳もとでこう言った。

「きょうお宅へかえられたら、あなたのハンドバッグの中を御覧になって」

郁子にはききとれなかったので、もう一度繰り返してくれるようにとたのんだ。

「きょうね、お宅へかえられたらね」――楠は感動を押しかくした調子で低く重々しく繰り返したが、そのうちに激したように、いつもは沈着な口の利き方をする人が恒彦よりもまだ口疾《くちど》になった。

「あなたのね、ハンドバッグの中をね、御覧になって」

これは甚だ冒険的な瞬間であったが、郁子は冷静な気持でおしまいまできいていることができたので、中に何か入っていますのという野暮な質問の愚も犯さずにすめば、動顛《どうてん》するよりさきに己惚《うぬぼ》れてかかる月並な女の歓《よろこ》びも露《あら》わさずにすんだ。彼女は黙って肯《うなず》いた。

「郁子、すこし疲れたらしいね。顔いろがよくないよ」

楠に送られて席へかえった彼女は良人にこう言われた。

この一言が郁子の戦慄《せんりつ》を目ざめさせた。しかしそれは小気味のよい、爽快《そうかい》とも謂える戦慄であって、却って彼女の全身に電流のようなしなやかな力を与えた。彼女は自分がしっかりしている、女丈夫のようにしっかりしていると感じた。

だから郁子の腕が卓の上から大型のハンドバッグをとりあげたとき、男たちはその仕草をひどく頑迷な、あたりかまわぬ老夫人の身振のように感じておどろくのであった。

四

草野井家の舞踏会のかえり、村松夫妻は沢田もともども楠の自動車に便乗した。闇のガソリンに七分通り頼りながらも、このビュイックは楠の懇意な病院長の名儀になっていて、その名儀でガソリンの配給を受けているせいかして、たまたまかえりの車中は患者を病院へ運んでゆくときのような、いたわりのある沈黙と饒舌《じょうぜつ》に終始した。

患者は誰だったろう？

沢田が恒彦に銀行の話題をもちかけた。楠と郁子は、そのあいだ、当りさわりのない会話をする。車が陸橋の上へ出た。見下ろされる町の灯火を見て、郁子はまあきれいと言った。この声の子供らしい無垢《むく》な響は、恒彦を銀行のうるさい話題からよみがえらせた。

彼は妻のこんな子供らしい叫びを永らく聞かない。それというのも、郁子がこれほど子供っぽい好奇心の虜《とりこ》になっていることは久しくなかったからである。お土産をもらった子供のように、はやく家へかえって手提をあけてみたいという好奇心、これだけが今彼女を支配し、彼女を動かしている情熱のすべてであった。自分の右わきに、腿《もも》を接し、肱《ひじ》を接している楠の存在を、郁子は夙《とう》に忘れていた。

途中で沢田が車を降り、駅での別れのように、暗い歩道に立って帽子を振った。

この男に対する郁子の愛想のよさを見て、楠は矜《ほこ》りを傷つけられずにいられない。沢田という男は郁子にとってこういう効能をもつのかもしれなかった。沢田に似まいとしていきおい楠は機智を弄《ろう》する。ところがこれは楠の好さを損うものであった。彼があんまり駄洒落《だじゃれ》ばかり飛ばすので、郁子は忘れていた楠の存在を、別な形で、即ち何かしらうるさい存在として心によびかえした。

『何故この方《かた》はこう面白そうにしていらっしゃるんだろう。まるきり誠意のない方みたいだ。何故私を静かにしておいて下さらないんだろう』

楠は彼女が耽《ふけ》っている好奇心の敵のように思われたのである。

車が村松家の門前に着く。楠は恒彦のすすめに従って、ものの二十分ほど立ち寄った。楠を送り出したあとで、恒彦がいうのであった。

「どうしてあんなにつんけんしていたの？　楠が何か気にさわることでも言ったの？」

「いいえ。あたくし疲れているのよ」

その実彼女のそっけなさは、明らかに楠が早く帰ってくれることを望んでいたそっけなさであった。一刻も早く手提をあけてみたいというこの好奇心の我儘《わがまま》にとっては、渇いた人の目に水だけしか映らぬように、一個の手提以外のものは無きに如《し》かない邪魔物にすぎなかった。

良人《おっと》が手水《ちょうず》に立った。そのひまにはじめて郁子は手提をあけて差覗いた。白い西洋封筒が手鏡と紙入れの間に刃《やいば》のように深く挟《はさ》まっている。

予期したとおり、恋文に相違ない。こう思うことで好奇心のおおよそが充たされると、郁子に「理性」と呼びなされる驕慢《きょうまん》な判断が還《かえ》って来た。躊躇《ちゅうちょ》なく封を切ろうとして、良人の目の前で封を切ろうと思い返した。

恒彦はまだ戻らない。故しらず郁子の動悸《どうき》が早まった。別種の不安が生れたのである。

『もし万一、もし万一、これが恋文でなかったらどうしよう。私に対するひどい侮辱か、根も葉もない噂をもとにした非難が書きつらねてあったら……』

このようなありえない空想にもとづいて、矜りを傷つけられた自分の姿を思いえがくと、そのとき良人の目にはこの手紙に誇大な期待を抱いていた郁子の心根のほうがむしろあらわに見えてしまいそうな気がされて、恒彦の前で封を切ろうという企ては世にも無謀なことに思われた。

郁子が良人にまで見栄《みえ》を張ろうとするこの気持は何事なのか？　着到《ちやくとう》一番の彼女の理性とは、虚栄心の発露にすぎぬのではあるまいか？

恒彦は客間に戻って、もとのままの姿勢で長椅子にもたれている妻を見出《みい》だした。

「よほど疲れたとみえるね。着換える元気も出ないのかい」

「ええ」――郁子は狡《ずる》そうに手をうごかした。

「今晩は一人で寝《やす》ませていただくわ」

「ああ、それがいい」

とつつしみ深い良人が答えた。

――自分の部屋に一人になると、郁子の動作はいきいきと熱を帯びた。彼女はまだ封を切らぬ封筒を卓の上に置き、これを見戍《みまも》りながら上着を脱ぎ下着を脱いだ。人目を憚《はばか》る姿のまま、彼女は指さきでつと封筒に触れて触感をたのしんだ。

こうして寝床に横たわってようやく封を切った楠の手紙は、簡潔なうちに情熱とやさしさのあふれた恋文であったので、郁子は何十回となく繰り返して読んだ。反省のない無恥なよろこびで一杯になり、彼女の美しさを的確に讃《たた》えた数行は、よみ人しらずの名歌のように心を魅《まど》わした。この負担のない、危険のない魅惑に身を打ち委《まか》せ、彼女はものの一二分かまどろんだ。また読み返した。このときすでに手紙は一二分前にくらべてどことなく色あせたもののように見えた。また読み返した。

彼女は徐々に楠の文章に二ヶ所ほどテニヲハのあやまりがあること、手蹟《しゅせき》が巧みでないばかりか味わいに乏しいことを見出《みいだ》した。

郁子の恋の冒険はこれで終ってしまった。それから熟睡して、いつもよりやゝ寝過ごした。

恒彦は茶の間で朝食を摂っていた。

彼は妻が卓にひろげた朝刊の上へ事もなげにさし出す一通の手紙を見た。すでに封が切られてある。手にとって、気軽に便箋《びんせん》をとり出した。幾度か畳み直されたように嵩《かさ》ばっている。新らしい手紙のようではない。

「何だい、これ、僕へ来たの？」

「あたくしへよ」

「誰からだろう、封筒には書いてないね」

「あてでごらんあそばせ」

恒彦は見おぼえのある手蹟の行を辿《たど》った。読みながら、中程で、ちらと妻の顔をうかがった。

郁子は得意げに笑っていた。自分の美しさに関する数行を、今や良人が読み進んでいることを知っていたのである。

ふと恒彦は妻が遠くのほうにいるような感じがした。妻の考えていることがわからなくなった。こんなことは結婚以来ないことだ。彼は知りたくなった。何を知りたいともわからずに。

それにしても郁子は若くて、まだ自分の意見をもちうべき年配ではなかった。彼女は良人の意見を、前以《もっ》て微妙に撰択《せんたく》しながら、心待ちにしているにちがいなかった。情愛と信頼にあふれて良人に見せたこの手紙から、彼女はまた、自分の美しさ・自分の魅力について良人がもっと敬意と誇りをもつべきことを、ものやわらかに勧誘しているにちがいなかった。

恒彦は直ちにこの勧誘を容《い》れた。彼は妻をそっくり真似て、得意そうに笑ってみせた。それが彼の「意見」であった。

「呆《あき》れたね。楠じゃないか。しかしこの手紙は感心に誇張がないよ」

彼はそれから、返事は出すべきでないこと、今後も楠とはふつうに平静に附合うべきこと、などの心得を忠告した。そのうちに彼もまた、本心からのようにうきうきし出していた。つまり彼は、友達宛《あて》に来た恋文を見せられた女学校の親友のように振舞ったのである。

五

　この日から一ト月ほど楠の音沙汰《さた》がなかったことは、恒彦には忘却を、郁子には焦躁《しょうそう》をもたらした。返事を待ちあぐねている沈黙かと思われるのが、あまり永すぎると、そもそもあの手紙が揶揄《からかい》半分のもので、今時分は忘れているための沈黙かとも思われてくる。するとあの手紙を自慢らしく良人に見せたことが悔まれて来て、この後悔に仕返しをしてやるために、良人に内緒で、遅ればせながら返事の手紙を書こうかという気持にさえなった。

　或《あ》る晩、いつものように沢田が遊びに来ていて、郁子が良人のすすめに従って弾くピアノを欠伸《あくび》を嚙《か》み殺しながら拝聴した末、楠はどうしているかと恒彦にたずねた。弾き了《おわ》った郁子が椅子をめぐらして振向いた時である。

「さあ、どうしたかなあ。あの晩以来会わないんだよ」

　楠はどうしているかと沢田が訊《たず》ねたのは、彼らしい垢抜《あかぬ》けのしない術策であった。

「ところが僕は会ったんだよ」

　他人の情事にお為ごかしの好奇心をもつ沢田は、猥談《わいだん》と道徳観念とを器用に使いわける才能にも長じていたが、こんな人間が、自分が浪花《なにわ》節ファンであることを村松夫妻の前にひた隠しにしていることは不思議であった。彼は披露目屋《ひろめや》のような大声で言った。

「あの人ったら相当なもんですねえ。おとといの晩、銀座裏を女の人と腕を組んでこっそり歩いているところを見かけましたよ」

言葉づかいが丁寧なのは、郁子にきかせる魂胆かと思われる。郁子は沢田の忠義立をおかしく思った。この男の好奇心にあふれた目つきに、存外悪意の稀薄《きはく》なことが彼女を苛立《いらだ》たせた。それだけであった。

良人が興味を持って、その女が果して楠の細君でないかどうかを沢田にききただしているあいだ、郁子は静かにピアノの蓋《ふた》を閉め、乱雑に積み重ねてある楽譜を片附けた。ふだんは片附けものなどをしない人である。

『おとといの晩、私は良人とこの家にいた』

彼女はおのれのアリバイを心に反芻《はんすう》した。そのアリバイがこの上もない美徳に思われて、そう思ったことに満足しながら、郁子はまことに冷静に、楠に返事を出そうという決心をひるがえした。良人はこの冷静さをみとめて、ほめてくれるべきである。しかし良人に対するこうした心の過重な要求は、或るさびしさから生れ出るものではないのか？

「仕様がない浮気者だね」

恒彦は妻のほうへ笑ってみせた。体を少し片寄せて、長椅子の自分のそばへ妻を手招ぎした。

郁子は少女のように身軽にそこへ来て坐《すわ》った。恒彦は妻を可愛らしいと思う。それだけであった。


この一ト月のあいだ、楠のことを言いつづけていたのは、恒彦でも郁子でもない。のぶである。

「このあいだのお客さま、又お見えになりませんのですか」

のぶは無躾《ぶしつけ》に郁子にこうたずねた。郁子は自分が非難されているかのように感じた。腹立たしさのあまりに、彼女はわれしらず、恒彦に托《たく》して自分を弁護している場合があった。

「おいそがしいのよ。そうはいらっしゃれないわ」

しかるにこの日、郁子はわざわざ厨房《ちゅうぼう》でのぶをつかまえてこう言った。

「きょう沢田さんが仰言《おっしゃ》ってたことよ。楠さんのいいところを見てしまったんですって」

「まあ」――のぶは仰天したきりで感想を述べなかった。郁子の話の内容よりも、郁子の話し振りのはしたなさにおどろいていたのである。

それから二三日して、木曜日の夕刻、銀行からかえった恒彦は、大そう不真面目な口調で、楠の招待を妻に伝言した。

「河口湖のあいつの別荘へ紅葉を見に行かないかと言うのだよ。あいつのアメリカの大学時代の友達を招《よ》んであるのだそうだ。大勢のほうが賑《にぎ》やかだから、みんなでドライヴしようと言うんだ。行く気はある？」

今度は恒彦は、いつかの舞踏会の時のように、ひとりぎめの受諾をせぬらしかった。何かこうして、ふしぎに穏やかな方法で、郁子が彼から独立してゆくことを感じたかのように。……ところが郁子は、手紙のことがあって以来、良人《おっと》の指図に逐一従おうとしか考えていないのだった。

「あなたがいらっしゃれば」

郁子がそういう気持で、こう答えた。すると恒彦が急に顔をのけぞらせて笑った。

「当り前じゃないか。当り前じゃないか。どうして君一人で……」

この夫婦は、それが同時にお互い同志の微妙な闘いでもあるところの、緊密な協同作業に熱中して陽気になっていた。

——土曜日のことである。一同は新宿駅頭で待ち合わせた。楠は一人で来た。家内が加減が悪くてと言訳を言う。やがて米人夫妻の車が着いた。楠が村松夫妻を引合せた。

幸い快晴の暖い日である。河口湖まではほぼ四時間かかる。ラジオが午後の古典音楽を送っていたので、話の切れ目にも、あたたかい車内には音楽が漂った。米人夫妻が車を提供して、楠の友人である良人が運転するので、楠は助手席へ行った。恒彦と郁子は小柄なアメリカ婦人を央《なか》にして坐った。

この席順は郁子の気に入った。彼女の前には楠の肩しか見えない。うしろをふりむいて話すとき郁子のほうを向くには難しいので、いきおい恒彦にだけ話しかけることになろう。彼女はあれ以来はじめて会う楠の態度がすこしも屈託がないのにおどろいていたが、それを侮辱と感じるような心の動きは却《かえ》ってこちらの負目《ひけめ》になることがわかっているものだから、負けず劣らず闊達さを装っているうちに、郁子はこれらの感情の打算から例の手紙だけがはみ出して、ともすると手紙のことばかりが心を占めてくるのに困惑した。

彼女は英語が巧みでない。良人の通訳によるほかは受け答えをせずに、つつましやかな寡黙を自ら娯《たの》しんだ。彼女は時々窓外を眺め、米国婦人の微笑に答えては、微笑した。そして孤独を娯しんでいると自ら信じた。

河口村広瀬《ひろせ》の楠の別荘は湖畔にあって、夏のあいだは庭のはてまで退《しりぞ》いている水が、梅雨時などには縁先の芝生を浸した。留守番の老夫婦が住んでいる六畳のほかは洋間である。戦争中疎開した荷物のうち、それだけはそっくり残されている洋書のかずかずに、家に上った米国人はまず目をつけて頁を繰った。ラムの随筆集がある。キイツの書簡集がある。そうかと思うとメルヴィルの稀覯本《きこうぼん》「オムウ」があった。

既に日が落ちて寒くなったので、一同は富士山の熔岩《ようがん》を切って築いた煖炉《だんろ》に楢《なら》の薪《まき》を焚《た》いてそのまわりに集まった。食事の仕度が出来るまで、米国人が座興にシェークスピア全集を芝居めかして読んだ。オセロオである。

「我妻は面《おも》うるわしく健やかに、交遊《よしみ》を好み、能《よ》く語り能く歌い且つ能く奏で能く舞うと人は云うとも、我豈嫉《あにそね》みを起そうぞや……」

この快活な不謹慎を夫人が咎《とが》めたことから、楠が大学時代に彼女の良人の狂熱的な演劇趣味に悩まされたことをあばき立てて、砥粉《とのこ》のなかへいたずらな学友が入れておいた薬品のおかげで、舞台へ出たオセロオの黒い顔が喋《しゃべ》るにつれて剝《は》がれ落ちた失策をからかった。

郁子は彼の笑い声をきくと夢からさめたような心地がした。恋いこがれ悩んでいる一人の男を彼女は警戒する義務があった。ところがこの笑い声は警戒の必要がないばかりか、蔑《さげす》んでしかるべきものである。

獣骨のような枯枝が火になり灰になった。郁子は突棒《ポーカア》で灰を押し崩した。すると熾《おき》が燃立った。

その横顔をてらす焔《ほのお》の美しさに見入った恒彦は、同じものをむこうから眺めている楠の目を見出《みい》だした。郁子が先んじて感ずべきことを、洞察力にすこしは秀でた良人のほうで感じていた。快活を装ってはいても、楠の目の輝きには、何かしら暗《あん》鬱《うつ》なものがあった。

恒彦は人に気づかれない一点で妻とそっくりな部分を持っていた。それは物事を興味本意に考えたがる厄介な気質であって、この夫婦はいわば好奇心が強すぎたのである。このような時、図らずも夫妻の目は、彼らが莫迦《ばか》にしている沢田の目と似るのであった。

たまたま二人になった折、恒彦が言った。

「気をつけなさい。楠は大へんな御執心だよ」

「あら、どうして？　忘れたような顔をしていらっしゃるわ」

「そうじゃないよ。目を見ればわかる」

二人は競馬の穴馬を狙うような会話をした。

「かばって下さいましね」

郁子は良人の手を握った。

「大丈夫」

今晩の寝室にと案内されたその部屋で、妻に手を握られながら、恒彦は子供らしい冒険的な勇気を感じた。彼らはこの場を誤算していた。別に楠が彼らにとっての権力者でない以上、彼らが好んで楠を危険に思い描くのは、そういう危険の戯画趣味を辿《たど》って、何ものかを確かめたくなった不安のあらわれかもしれないのであった。

恒彦は湖の対岸の灯火を窓から眺めた。

いつぞや楠の手紙を読んでいてふと見上げた妻の笑顔に、他人の顔をしか見なかった気持を思い出した。それに比べれば、今の妻には結婚当夜の面差があった。近づく危惧《きぐ》に耳そば立てた牝鹿《めじか》のような姿は、彼の欲望をみずみずしいものによみがえらせた。郁子の胴の細くてしなやかなことは、事実、若い牝鹿のそれに似ているのである。新婚旅行に行った奈良の散策で、そう感じた記憶があった。

階下から数寄焼《すきやき》の仕度が出来たことを、楠が大声でしらせて来た。

一同は腰掛けられるように深く掘った切炬燵《きりごたつ》の卓をかこんだ。食事がすむと、その同じ卓でポーカァをやった。郁子はポーカァが強かった。出来心で、怠け気分で、出たとこ勝負で、放心状態で、彼女は勝つのであった。そして微笑しながら、物憂げにチップを集めた。

楠は女がこんな風にどことはなしに物憂げな風情を示すときの心の在処《ありか》を諳《そら》んじ

ていた。八分どおりは真率の情にかられて出したあの熱情的な手紙について、彼はその返事がなかったとき、からかい半分の手紙だったのだから仕方がないと自らいつわった。この言訳も、実ははじめから用意されていたものである。女にかけての四十八手を心得ているつもりの彼は、郁子のような女の一見氷に閉ざされた心を打ち破るには熱湯と槌《つち》しかないことを知悉《ちしつ》していて、ほかの女のためなら無謀でもあり大《おお》時代でもある手紙という手を、のっけから使ってみたのであった。情熱をすら手段と考えたがる生意気な悪習に染って、彼は自分の情熱に自信をもたないことによって、あらかじめ失敗の口実を作っておくのであった。ところが目前の郁子の物憂げな様子は、何かを待っている女の様子である。待人が来ない焦躁《しょうそう》を隠して編物をしているときの女の手のように、郁子の手は一見のどかに退屈そうに動いている。『怖がっているのだ。気はあるのだ。この一ト月の沈黙の利目《ききめ》が出て来たんだ。おそらく手紙を良人に見せたかもしれないが、そんなことはこっちの構ったことじゃあない』

アメリカ人が習いおぼえた日本語で、

「しまりました！」

と叫んでのけぞったのは、「しまった」を丁寧に言いまわしたつもりである。その一勝負で五人はトランプを置いた。恒彦が小さい欠伸《あくび》をした。この欠伸が米国人に伝染《うつ》った。

「欠伸がアメリカへ輸出されたね」

　楠がいう。皆が興がって笑う。それを好いしおに、一同は寝室へ引取った。

　――明る朝は、広間から正面に眺められる対岸の富士山を賞讃《しょうさん》する英語のやりとりにはじまった。郁子が化粧をすませて二階の寝室から下りて来る。皆と朝の挨拶《あいさつ》をした。楠は彼女の目が、すこし血走って疲れているのを見た。彼は恒彦のほうを併せ見た。

　楠は嫉妬《しっと》を感じた。昨夜郁子の良人《おっと》がその役割の半ば以上を、楠の代役のようにして演じたことは夢にも知らずに。

　米国人が男たちに煙草をすすめた。

　郁子は小柄な米国婦人と窓ぎわの椅子に掛けた。日本語が交わされることのすくないこの一昼夜は、郁子にしばしば安逸な放心の機会を与えた。彼女は丹念にかぞえていた。楠と二人きりになる機会が、きのうからすでに三回もあったことを。一回目は二三分、二回目は五分ほど、三回目は十五分ほどのあいだである。楠の早業を以《もっ》てすれば、手紙のことを言い出すのに十分な筈《はず》の時間である。しかるに三度とも彼は恬淡《てんたん》に振舞った。……

　こうした何事もない恬淡な機会は、これから先にも屢〻《しばしば》ありそうに思われるのであった。手紙のことを彼女のほうから言い出しては負けである。しかし言い出したい誘惑がつのって来る。

『こんな機会を避けるのが一番だ。良人のそばを片時も離れまい』

郁子はそう決心した。

午前中、一同はカメラをもって湖畔をそぞろ歩いた。対岸から見ると、こちらの山の紅葉は山火事のようだと謂《い》う。この日もめでたく晴れ渡った暖い日であったので、しばらく行くうちに外套《がいとう》は重たく思われた。湖心の鵜《う》の島は杉にまじる紅葉の色を水に映していて、その美しさには、見馴《みな》れた楠も大そう搏《う》たれた。一同はしらずしらず半時間の余も歩いて大石村まで行って引返したが、この長い散歩は歩き馴れない米国婦人には多少の重荷になり、午後は彼女のために遠出をせずに、楠の家で気ままにすごすことになった。郁子は男たちの会話から離れ、一人で湖畔に出て、水際をそぞろ歩いた。体の心《しん》は大へん疲れているのに、まだ疲れ足りないような気がしたからである。そしてわざわざ、靴が湿った土に埋まって、踵《きびす》が濡《ぬ》れるような水際を歩いた。

歩いていて、郁子は空気を深々と吸い、解放されたような自由を味わいながら、自ら疑った。

『さっき私は良人のそばを片時も離れまいとねがったばかりではないか。この決心を破った快さは、何に由来するのであろう。何から私は自由になったというのだろう。良人から？……』

郁子は別荘へ、良人のもとへ、急ぎ足で取って返した。広間には誰もいない。楠だけが椅子に凭《もた》れて湖を眺めていた。

「どこまでいらしたんです」

郁子はそれには答えないで、せかせかした口調できいた。

「皆さんはどちらへ？」

「あなたを探しに出たんですよ、あんまりお遅いので。友だち夫婦も村松君について出ましたよ」

「悪かったわ」

「なに、あなたに途中でぶつかるつもりで、散歩に出たんでしょう」

「どっちのほうへいらして？」

「河口村のほう」

「それでは反対だわ。お呼びして来るわ」

そう言いながら、彼女は濡れた靴を脱ぎかけていた。

「いいですよ。すぐ戻ります」

「ええ、靴が濡れていて歩きにくいの」

薩《ママ》

「乾かしましょう」

楠は彼女の靴をとって煖炉《だんろ》の埋《うず》み火《び》のそばへ持って行った。

今しがたまで楠が掛けていた椅子に、われにもあらず、郁子は体を落した。ひどく疲れていたのである。

疲労から郁子の体はほてり、熱い霧に包まれているように汗ばんだ皮膚の感じがあった。目をとじた。神経が苛立《いらだ》って、ふだんは耐えやすいことも今は寸時も耐えられない心地がする。椅子は火を起している楠の姿に背を向けていた。彼女の目は湖水をしか見ない。強《した》たかにこう言った。

「楠さん。いつかの、あのお手紙ね。御返事さし上げなくて、御免あそばせ。おわかりにならない？　御返事をさし上げられる筈がないお手紙だったわ」

これを告白のような烈《はげ》しい調子で郁子が言ったのは笑止である。

楠は嗤《わら》おうとした。しかしもっと真率な幸福の動悸《どうき》が胸をいっぱいにした。

彼は立って郁子の顔が斜め横から眺められる窓ぎわの椅子に腰かけた。こののろくさした態度を自信たっぷりな振舞ととった彼女は、今しがたのおのれの取り乱し方に自分で怒っていた。楠がそばまで来たら、彼女は彼を手きびしく追いやることもできようと考えた。

しかし楠はそばまで来ない。燐寸《マッチ》を擦る音がした。煙が郁子の前へ漂って来た。

「もうあんなことなさらないでね」

重ねてそう言った声は大そう可愛らしくて、言っている当人にも信じられないほどの可愛らしさだったが、郁子はわれながら稚《おさ》ならしい哀訴だと面映《おもは》ゆく思った。

楠はあの手紙の百頁にあまる返事をもらったよりも、もっと確かで真正直な返事の文句を、郁子の頰にのぼる血の色に見たが、明らかな誤解や思いすごしが的確な効果を生む場合がままあるように、彼はあの手紙が子供っぽい激情にかられて書かれた、何の手れん手くだもない真正直な恋文である所以《ゆえん》を、郁子の前に今誓ってみせるのが上分別だと考えた。そうしてみせることを彼はただ上分別だからと考えるのであった。しかし彼自らそれと気づかずに、自己に忠ならんとしているこの場の決心は、いつどこでも分別のうちの最上のものにきまっているのである。

「あの手紙を僕は」と彼は持ち前の、男らしい口ぶりで沈着に話した。「いろんな危険をかえりみないで、まるで憑《つ》かれたように書いて、憑かれたようにお渡ししてしまったんですよ。僕がもし小利巧に立廻《たちまわ》って成功を狙おうとすれば、もっと巧い手はいくらもあります。しかし僕はいちばんまずい方法で、いちばん真正直な方法であなたに打明けたかったんです。はじめてお目にかかってからパーティーまでの三日間、僕は中学生にかえったようで恥かしかったくらい、そわそわしていたんです。そりゃあおいそれと御返事をいただけないことはわかっていました。望みもあてもないのに、ただあなたに打明けてしまえば、さっぱりするような気がしたんです。いろんな危険は考えました。第一、手紙なら、あなたが封も切らないで村松君にお見せになる場合もありえますからね。（郁子はこれをききながら髪に手をやった。）恥をかくことも覚悟しました。しかしいちばん危険な方法で打明けるほかに、あなたに対して誠意の見せどころがないような気がしたんです。……」

郁子はこの条理の立った訴えに冷静さを取戻したが、さきほどの乱心よりもこの冷静さのほうに、もっと快い酔い心地がないとは言えなかった。それは明晰《めいせき》な酩酊《めいてい》、というよりは、いかにも明晰らしくみせかけた酩酊であって、その証拠には、冷静に弁駁《べんばく》の材料をあつめながら、郁子はいちばん効果的な筈の材料をきれいに忘れていた。沢田からきいた銀座裏の挿話である。これを彼女は東京へかえるまで忘れていたのである。

「でもあたくししばらくお目にかからないうちに、あなたがあのお手紙をお出しになったことさえ忘れておしまいになったような気がしましてよ。きっとからかい半分にお書きになったんだろうとこのごろは思いはじめておりましたのよ。からかい半分のお手紙でも、まごころのお手紙でも、御返事を出さないことにはかわりがなかったと存じますけれど」

楠は彼女の返事をまるできいていないようにみえた。

「いいんです。いいんです」とむしろうるさそうに彼は遮《さえぎ》った。「あさっての火曜の晩、短い間でいいんですが、食事をつきあっていただけないかな」

「夜はだめだわ」

「火曜の晩はあなたはいつもお茶を習いに行かれておそくなる筈でしょう」

「どうして御存知？」

「僕は何でも知っているんです」

その実楠は、彼女の日程をS画廊の主人からきいたのであった。名画の鑑《めき》定に堪能なこの男は、掘出し物をさぐる動物的なカンをもそなえていて、画廊の会話で洩《も》らされた些《さ》細《さい》な事柄までのこらず忠実におぼえていた。

楠は待合すべき場所と時間を言った。

これを郁子は、どうせ行きはしないのだから、といわんばかりのものぐさな気持できいていた。そしてこれ見よがしの不誠意な態度で、ええ、と言った。良人《おっと》に打明ける必要はない、どうせ行きはしないのだから。……彼女は恩着せがましく考えた。

『今度のことは良人に言わないだけでもずいぶん感謝されていい筈だ。手ごめにするようななさり方だもの』

郁子は自分の脚が靴を奪われていることを、誇張した形容で、「手ごめにするようなやり方」に会っているという風に考えた。その実楠は接吻《せっぷん》をしかかる気配もなかった。彼女の脚の感じている危険はただの寒さにすぎぬのかもしれなかった。煖炉のそばへ、湯気を立てている靴をとりに戻ると、彼女はこれを穿《は》いて庭を出た。楠は呼びとめない。そこでふりむいて言訳を言った。

「皆さんをお呼びして来るわ」

庭を出ると水際の草地を走った。

道を戻って来た三人は、蘆《あし》の間の小径から駈《か》けのぼって、息を切らしている郁子に出会うのであった。

「人さわがせだなあ。君が溺《おぼ》れていやしないかと大心配だったんだよ」

郁子は黙ったまま笑って、良人の肱《ひじ》を軽く指で打った。

帰路の車は夜のなかを走った。いくつもの村を抜ける。小都会を抜ける。週末旅行のかえりとおぼしい幾多の自動車が先になり後になりした。暗い街道のかたわらにヘッドライトだけ灯《とも》して止っている車があった。

「故障かな?」

恒彦が言った。

「故障なんて艶消《つやけ》しのものではないよ」

助手席から楠が言った。

又行くと一台止っていた。

「故障ではないようだね。……なるほどなあ」

峠にさしかかる迂路《うろ》のほとりに息をひそめるように止っている高級車のつややかな車体を、こちらのヘッドライトが艶冶《えんや》に照らし出す、そのとき郁子は危険な感動を味わった。その車内の闇に一瞬点滅したライタアの火は、記憶にのこって、永らくこの旅の思い出になった。

一同は午後十時に新宿駅に到着した。

六

河口湖から帰ったあくる朝になってようやく郁子の思い出したことは、沢田がいつか話していた楠の噂、楠が女と親しげに腕を組んで銀座裏を歩いていたという噂である。この記憶は楠をやりかえすのにこの上ない好材料であるべきだったが、何ものかがそれを彼女に思い出しにくくさせていたのであった。

楠との約束は明日の火曜の晩である。

郁子は楠にからかわれたのだと考えた。これはずいぶん理不尽で身勝手な考えであるが、対手《あいて》に対する復讐と自分自身に対する復讐とがごっちゃになりかけている今の彼女に、要るのは復讐《ふくしゅう》の口実だけであった。郁子はおのが主権の回復をのぞんだ。われから手紙のことを言い出したあの屈辱は、忘れられてはならなかった。出先で屈辱を蒙《こうむ》った大使のように、彼女はそれを自分一身がうけた恥というよりは、祖国が受けた恥という風に感じるのであった。即ち、良人が受けた屈辱という風に。……

『私を莫迦《ばか》になさるなら、まだ恕《ゆる》せもしよう。ところが楠さんのなさり方は、間接に私の良人を莫迦にしていらっしゃるようなものだ。男らしくない方だわ』

……何だって彼女はこうして良人に反射させて自分の矜《ほこ》りを試す必要を自分のなかに持ちはじめたのであろう？　彼女自身の矜りの高さで十分な筈《はず》の郁子ではなかったろうか？

郁子は良人の裸かの腕が自分の項《うなじ》の下に微かな脈を搏《う》っているのを感じていた。その腕は子供の腕のように大そう熱く、時として彼女は自分が発熱した錯覚におそわれて目をさまし、その腕を片付けた上で、枕の冷たいところへ項を移して眠り直した。あるいは眠り直すまえにしばらく良人の寝息をうかがった。

恒彦の寝顔は起きているときよりまず十歳《とお》は若く見えた。こんなに無警戒な寝顔というものは、三十をこえた人間が滅多にもつことのできないものである。郁子はこれを見て、この安心した寝顔も私のおかげなのだと考えた。

すると憐憫《れんびん》にも似た感情が姿を現わして、楠との約束を巧みに破ってしまうように勧告した。


今や貞節が郁子の英雄的な仮装になった。彼女は今度の約束を、どうせ守らないという前提の下に良人に打明けずにすませたのであったが、守らないだけでは物足りなく思われて、これを機会に楠の誘惑を断ち切ろうと思い定め、それには良人の助力が必要であるにしても、今更良人に打明けることは疑いの種子《たね》を蒔《ま》くことも同様なので、打明けないで良人の助力をたのむ工夫はなかろうかと考えた。

『私は良人にとって何という信頼のおける妻であろう。何と私は公明正大に行動できることだろう。放置《ほ》っておかれても私はこんなに忠実に行動するではないか』

……郁子は徐々に狡智に秀でて来る自分を意識しなかった。彼女は楠に会いたいのであった。ただ楠に欺《だま》されるのが怖かったまでである。郁子は気の弱い番犬が泥棒でもない人間に嚙《か》みつくように、怨《うら》みもないのに、まず復讐を企てて自分を安心させようとかかっているのであった。


あくる日の四時すぎに、めずらしくないことだが、良人の銀行へ郁子が立寄った。

彼女は嵩《かさ》ばって軽やかな包みをかかえ、高窓の一列から晩秋の夕日が列をなして落ちている、そしてその中に紫や銀いろの微粒子のような埃《ほこり》の舞っている殺風景な面会室で良人を待った。恒彦が習慣的な揉手《もみで》をしながら面会人の間を縫って郁子のほうへ近づいた。そして夕日のまぶしさを避けて、壁の仄暗《ほのぐら》い一角に立っている妻を見出《みい》だした。

「どうしたの？　何か急用なの？」

「いいえ。そこのNビルまで毛糸を買いにまいりましたのよ。それでお寄りしてみたの」

「ほう」

恒彦は子供のように妻の買物を指で押してみた。紙は破れて、指は毛糸の中へめり込んだ。美しいブルウの毛糸である。彼は軍隊時代のあの切ない面会時間を思い出して、甘ったれた気持になった。

「何を作るの？　これで」

意味のない買物の言訳が見つからなかった。郁子は、女一般の特性に従って、無意味な細部《デテイル》については正直であった。

「さあ、考えていないの」

「考えもしないでこんなに買ったのかい」

「あら編物って編んでるうちにいろんな必要がみつかるものよ」

「途中で気がかわって、手袋と靴下の間《あい》の子《こ》なんか作らないでおくれ」

恒彦は陽気になっていた。あとは郁子のほうから言い出さないでも事が運んだ。

「これから町へ散歩に出ようよ。僕は今日はもうフリーなんだ。今ちょっと後片附をして来るから、ここで待っていてね」

夫妻は夕日がビルディングの谷間《たにあい》にふかぶかとさし入っている通りの一角でバスを待った。銀座へ出た。お茶を喫《の》むにも、これと決めた店があるわけではない。戦後の銀座界隈《かいわい》に行きつけの珈琲《コーヒー》店を持つような人種は、活動屋か与太者か、そうでなければ芸術家と称するあいまいな連中に限られている。こういう人たちは珈琲を啜《すす》りながら、弾力のない白けた皮膚の顔を皮肉《シニスム》ににやにやさせて、日あたりのよい路面の行き交いを眺めているのである。村松夫妻はもっと多忙であり元気旺盛《おうせい》な人種に属していたので、行きあたりばったりの名の通った店でお茶を喫んだ。郁子は巧みに良人を誘導した。そして楠と待合わせた喫茶店へ、待合せた時間の十五分前に、全く自然に良人と入ってゆくことに成功した。

郁子は入口へ背を向けて坐《すわ》った。入って来る客の顔は奥の鏡に映ってわずかに見える。彼女は女給仕が床に落した珈琲茶碗《ぢゃわん》がけたたましく割れる音をきいた。両手の指で耳をふさいだ。良人と目を見合わせて眉《まゆ》をひそめた。不安に苛《さいな》まれていたのである。彼女はこうまでして楠の心を傷つけたがる自分の欲求が理解しにくいのだった。

「やあ、楠」

恒彦が手をあげた。

「楠だよ」と郁子に言った。偶然の邂逅《かいこう》に何の疑いもない無邪気な口調である。

郁子は息を呑《の》んだ。楠がさりげなく来て恒彦と挨拶《あいさつ》して、郁子のほうへ顔を向けると、その目の中に怒りの色が燃え立っているのを彼女は見た。

『これだ！　これが見たかったのだ』

事実黒目勝ちの楠の深い視線が、怒りにかがやいているこの時ほど、美しく見えたことはなかった。これが見たさにした行動だと信ずることは、この刹那《せつな》、郁子にとって十分すぎるほど納得のゆく筋道であった。彼女はしずかに目を伏せて、怒りにかがやいた瞳《ひとみ》の美しさを反芻《はんすう》した。

恒彦が言った。

「おとといはどうもありがとう。丁度よいところで会った。君は今日はこれから暇かい？」

「ああ、商売上の宴会があるんだがね。××省の役人を招《よ》んであるんだ。いかになんでも役人のお相手は憂鬱《ゆううつ》だから、専務に委《まか》せて出て来てしまったんだ。……つまり暇だよ」

「それなら三人でどこかへ飯を喰《く》いに行こうよ」――恒彦は河口湖へ招かれた返礼を考えていたのである。「郁子、シャルパンティエはどうかしら？」

「よございましょう。あそこには予約の電話が要ることよ」

「僕が掛けよう」

郁子が立つ暇もなく、良人《おっと》がせっかちに立って、レジスターのかたわらの卓上電話を借りに行った。残された二人は苦々しく黙った。楠には郁子の真意がまだ呑み込めない。そこで彼女の弁疏《べんそ》を待った。

すでにしばしば見られたことだが、本質的に誠意を欠いた郁子の心の動きは、時には彼女自身をすら裏切る場合があった。本質的なやさしさを欠いたこの心、思いがけない残酷な所業を演じさせるこの心、彼女は誰にもそれを咎《とが》められず、むしろそれを気づかれずに育ったが、今ではひそかに自分の心のこうした性《さが》をもてあますようになった。しかもそれは、楠に対して今徐々に頭をもたげて来たやさしい気持や気の毒な気持や素直な後悔をも踏みにじって動きだす心であった。後悔するそばから郁子は怖くなって、自己弁護の鎧《よろい》に身を隠した。内心はすなおに詫《わ》びたがっているのに、彼女は抗議しようと身構えるのであった。それも単なる恐怖心から。

郁子は無理に微笑した。砂まじりの風のなかで会釈するときのように。

「お忙しくて結構ね。いいお噂をうかがいましてよ」

「何のことです」

「そちらのほうがよく御存知でしょう」

郁子はもともと、こういう月並な厭《いや》がらせしか言えない女である。彼女は厭がらせを言う必要など毫《ごう》もみとめないで育って来た。その上この厭がらせが生彩を欠いていたのは、彼女が一向それを信じていないのだから当然であった。彼女はいかにも曰《いわ》くありげにそう言ったが、「いいお噂」に気を悪くして良人を連れて来たと思わせることの利害得失までは思い及ばない。それは素直に一人で彼女がここへ来ることよりも一層あらわに、楠への只《ただ》ならぬ感情を、すなわち嫉妬《しっと》を、告白することではあるまいか？

ふつう恋人同志が誤解を解こうと釈明するのと反対に、郁子は釈明の材料として、ありもしない誤解を持ち出しているのであった。このことから受ける彼女の不利益は、誤解を信じなくなることだった。ありのままに楠を信じるようになることだった。

楠は黙っている。郁子は怖くなった。

『怒っているのだ。この人は怒っているのだ』

助けを求めようとして彼女は良人のほうへ振向いた。良人は遠くにいる。手が届かぬどころか声も届かない遠くにいるように思われる。人々の起居と、雑然たる話し声と、澱《よど》んだ笑い声と、煙草の煙と、女給仕の往来《ゆきき》とが、ほんの数メェトルむこうにいる良人とのあいだを隔てていた。良人は背を向けて、受話器を耳にあてた左肩を低く下ろして、いらだたしく文字盤をまわしていた。

郁子はその背中が彼女にむかってこう言っているのをきくのであった。

『僕は何も知らない。僕は何も知らないよ』

はじめて郁子は、何ら実質のない欺き方とはいえ、良人を欺いている現在に気がついた。「何も知らない男」として恒彦を見るのははじめてではないか？　しかしいちばんいけないことは、恒彦が「何も知らない」ということをしらずしらず前提にしているような彼女の無意識の確信に在った。

「電話、かかったよ。今すぐ行くと云っておいた」

「そう」

彼女は良人にやさしくした。今では楠は、別して気の毒な人間とは見えなかった。

――三人が七丁目あたりまで歩いて来たとき、折よくタクシーが来たので、恒彦が手をあげた。朗らかに、威勢よく、少しふざけて、交通巡査のように彼は手をあげた。

タクシーに揺られているそのあいだ、楠は郁子のあの強気な揶揄《やゆ》を気味のわるいものに思い返した。満更身におぼえのないことではない。それが原因で郁子が今日のような仕打に出たとすると弁駁《べんぱく》の仕様はないわけだが、楠のわるい癖で、郁子への自分の恋をまだ自分自身で本気にしていない目から見ると、（彼は成功の瞬間にだけ、自分が本気で愛していることを許すのだったが）あくまで白を切るほかはなかろうと考えられた。それればかりかわざわざ良人を連れてきた底意が知れないので、食事に誘う恒彦の申出までが、何か意味ありげなものに思い做《な》された。

『ずいぶん良人のある女も知っているが、こんなに頑固で意地の悪い女は見たことがない。この間はたしかに屈服したように見えたのだ。手紙のことをむこうから言い出した時の郁子の表情なんぞ、恋している女でなくては、いくら芝居が巧《うま》くたって出せる筈《はず》がない。ひょっとすると、何かが起りつつあるのかしら？　このわれわれ三人のあいだに……』

楠は軽い冒険心、と言って言いすぎなら、軽い探究慾《よく》の如きものの虜《とりこ》になった。それが怒りを忘れさせた。裕《ゆと》りが出来た。その裕りを自分でためすために、こう訊《たず》ねた。

「何ですか、この大きなお荷物」

「あててごらんあそばせ」

「毛糸でしょうね、ブルウの」

郁子は一瞬おどろいたが、

「まあ、穴があいていたのね」

「さっき僕があけちゃったんだよ」

子供のように恒彦が言った。


しばらくして恒彦がいうのであった。

「あ、郁子、きょうはお茶の先生じゃなかったの？」

「ええ、ずる休みよ」

恒彦が窓の外を見ながら云った。

「いけないね。ずる休みは毎度のことじゃないのかな」

「いいえ、はじめてよ」

「お茶の稽古《けいこ》を休んで毛糸を買って、それから銀行へたずねて来るなんて、こういう気紛《きまぐ》れな奥さんは扱いにくいね」

「気紛れのほうがいいよ。計画的な奥さんなんて怖ろしいじゃないか」

そう楠が言った。

しばらくして又恒彦が言った。

「そうだね。計画的なものはみんな怖ろしい」

男同志はそれから来るべき経済界の変動について意見を交換した。

大正末期にたびたび三面記事を賑《にぎ》わした殿様歌人の国際結婚の相手方シャルパンティエ夫人は、彼と別れてから宝石を売り売り暮していたが、帰国もせずにまた日本人の年下の画家と結婚して、戦後会員組織の仏蘭西《フランス》料理店を青山一丁目の焼跡に建てた。会員には彼女の旧知を辿《たど》って実業界の錚々《そうそう》たる人たちが名を連ねていた。庖丁《ほうちょう》は女主人が手ずからとり、マルセイユ料理と称するにんにくを利かした奇妙な料理が評判であったが、珍らしがられるのは料理そのものよりも、その一風変った建築であって、正確にいうなら、それは建築ではなくて、一台二千円で買った廃物の二台の乗合自動車《バス》であった。二台のバスは直角に並べて据え置かれ、バラック建築の料理場から料理が運ばれた。小柄で洒脱《しゃだつ》な仏蘭西人の六十女は、甚だ魅力に富んだ人柄の持主で、いまだにコルセットを忘れず仏蘭西香水を肌から離さない身だしなみのよさにかてて加えて、シャンソンを歌わせると在留仏人のうちでも随一の称があるので、そういう粋好みを解しない事業家たちも彼女の人柄に惚《ほ》れ、紡績会社の社長はバスの内部に張りつめる絹布と椅子カバア、テエブル・クロオスのたぐいを、煖房《だんぼう》会社の社長は新型の電気ストーヴを、製陶会社の社長は什器《じゅうき》一式を、某画伯は部屋に似合いの風景画を、ペイント会社の社長は改装に要するペンキを、それぞれ寄附してレストランが成立った。夫人のまっ白な皺《しわ》が畳まれた咽喉元《のどもと》から出るシャンソンの捨鉢な歌声は、このバスがモンマルトル界隈《かいわい》を疾駆しているような錯覚を起させるほどのものなので、巴里《パリ》を訪れたことのある人は、目をとじてその哀韻に耳を傾けた。巴里には清潔な乾燥したデカダンスが存在するように思われた。シャンソンに歌われる捨鉢な響きは、生活の愉楽をいつも絶対的なものにぶつけて味わうことから生れる一種の享楽主義者の飽くなき詠嘆であり、その詠嘆は舌なめずりするような貪婪《どんらん》な油っこい詠嘆であって、これが小綺麗《こぎれい》な老婆の口からうたわれるイロニィが、彼女のシャンソンのおおよその魅力なのである。

三人は軽快な鈴の音を立てるくぐり戸をくぐって門内へ入った。そして急な昇降口から絨氈《じゅうたん》(これもさる篤志家の寄附にかかるものだった)の敷きつめられているバスの内部へ上った。

恒彦はウィスキーを注文した。女主人が出て来て挨拶《あいさつ》をする。恒彦が楠を紹介する。恒彦が会員になったのは歌人の旧友であった父の縁故であったが、彼の紹介で、楠もその場で会員に加わった。一万円の小切手を切った。

今日の出来事は恒彦を除いた二人にとって決して愉快な後味のものではなかったが、酔うほどに、又しても親しい友達同志とその妻との交歓には、鉄の枠にも似た頑固な日常性が下りてきた。この魔法の輪のなかでは、誰の顔も同じようにみえ、誰の声も同じようにきこえた。もし恒彦のしつこいすすめに従ってシャルパンティエ夫人がボオドレエルの詩にデュパルクが曲をつけた「旅への誘《いざな》い」をうたわなかったら、このまま三人は曖昧模糊《あいまいもこ》とした快さで別れることができたかもしれなかった。

夫人は鳥が止り木につかまるように五本の指で卓のはじをしっかり押えて、その目は中空にさまよいながら、たるんだ老醜の口もとから倦怠《けんたい》と光輝にみちた不可思議な呪文のような歌をうたった。指は小刻みにふるえだした。

郁子は酔ってほてった体をようやくクッションに支えていたが、強い酒精と打ち沈んだ歌声との混和に、次第に沈んでくる気持をどう仕様もない。彼女は自分を呪《のろ》い、妄想にすぎない背徳に心をひしがれ、今日自分がとった行動のありたけに甚だしい自己嫌悪を感じた。彼女は毛糸の買物を、良人の銀行を訪れたことを、あの喫茶店での恥ずべき期待を、良人が電話をかけていた後姿を、ひとつひとつありありと思い出した。そして居たたまれなさにかられて自ら重ねて洋酒を注いだ。

体がよろめいた。反抗するようにクッションから身を起した。すると自分のわきに楠の腕があった。彼女はそれを良人《おっと》の腕だと考えた。そこに倒れかかって、楠に支えられた。

「奥さん、奥さん」

楠が呼ぶ。シャルパンティエ夫人は歌を止めた。そして楠の腕の中から郁子を助けおこした。

恒彦はすこし離れたところに坐《すわ》ってこの一瞬の出来事を眺めていた。曲解するひまはない。ただ彼はふしぎなことのようにこれを見ているだけだった。彼には妻が目の前で死んで行っても、今なら耐えられるような気がした。

すぐこんな考えが酒のせいだと気づいて、郁子を助けに立った。そのときすでに郁子は気を持ち直して、良人のほうへ笑ってみせた。

「ああ、いい気持。お酒ってこんなにいい気持になるものだとは知らなかったわ」

と郁子は言った。

七

村松家に一つの奇妙な変化が生じた。というのは、沢田が村松家の一室を借りて、一つ屋根の下で暮すようになったことである。

沢田の父は追放令に該当して職を失った古手の官吏で、爾来《じらい》生活が苦しくなる一方だったが、此度《このたび》決心して家を売って郷里に隠栖《いんせい》したことから、沢田は東京に貸間住いをする必要が生じた。しかしほかに親戚《しんせき》もない沢田は、下宿先に早速困った。

恒彦に窮状を打明ける。恒彦は妻の許可を条件にして承諾した。

或《あ》る日一台の小型トラックが村松家の門前に着いて、蒲団《ふとん》や書籍や身の廻《まわ》り品の小ぢんまりした包みを下ろした。これだけで沢田の学生みたいな簡潔な引越しが済んでしまった。のぶが夜具包みを二階の一室へ引張り上げた。そして心安立てに沢田にこう言った。

「沢田さんもはやくお嫁さんをお迎えなさることでございますね。尤《もっと》もここにおいでになれば匆々《そうそう》にそういうお気持におなりでしょうよ」

「御夫婦にあてられてですか？」

「さあ、何とも申上げられません」

のぶは甲羅経た女中気質で、まったく内容のない思わせぶりをしばしば口にしたが、これは機智ありげに見せるための古い手である。

包みをほどいて沢田は念入りに所持品を分類した。洋服、ワイシャツ、ネクタイはこの戸棚へ、櫛《くし》、コスメチック、髭剃《ひげそり》道具はこの抽斗《ひきだし》へ、という風に。その器用な分類はまるで書類や紙幣の分類と同じ円滑さで行われたが、ただ単にこの男が生活に対してもっている無味乾燥な考え方のあらわれにすぎぬそれがのぶの目には大そうたのもしく映ったので、忽《たちま》ちにして沢田は信用を博した。そこで彼はこの家へ来て最初の蔭口《かげぐち》をきかされる光栄に浴した。

「沢田さん、あなたさまがここへおいでになるについては、奥様が大反対をなすったのでございますよ。こんなことを申上げてお気を悪くなさるかもしれませんが、のぶは御為を思って申上げることで、一応含んでいらして御損がないことでございましょう」

「それはありがとうございます」——と、他家の使用人には殊に馬鹿丁寧な沢田が感謝の意を表した。「いや、僕もそんなことじゃないかと思ったんですよ。してみると村松君の厚意は尚一層恩に着なければならないわけだね」

「旦那様は本当にお友達思いでいらっしゃいますからね」

のぶのこうした合槌《あいづち》の裏には恒彦に対する一脈の軽侮の気持が流れていたが、そんなことに気のつく沢田ではなかった。彼は単純にのぶを恒彦方《がた》と判断し、その後和菓子の手土産などをのぶに与えることを惜しまなかったので、この下宿人と女中頭は甚だウマの合う話相手になった。のぶの死んだ亭主の惚気《のろけ》には閉口させられたが、実のところ沢田の唯一の長所は、人のお惚気を大人しくきいている点にあった。それというのも想像力に欠けた彼の頭脳は、人からきく恋の細部についてうすぼんやりした概念しかつかめずに終り、時にはこんな質問で却《かえ》ってのぶを呆気《あっけ》にとらせたりすることがあった。

「それで、結論としてどうなんです。御主人はあなたを愛していたんですか」

真逆《まさか》まともな訊《たず》ね方とはうけとりかねて、のぶは娘に、沢田さんという人は隅に置けない空《から》っ恍《とぼ》けた皮肉屋さんだよと話した。

大抵の居心地のわるさには不感症の沢田なので、彼は郁子と恒彦の当っている炬《こ》燵《たつ》へ平気で入りに行った。恒彦が郁子に座蒲団をと命ずる。郁子が立って客用の座蒲団をとりに行く。郁子のこうした従順さは、良人としての恒彦を引立たせて立派に見せた。

沢田に一室を貸すことについてこの夫婦が言い争った烈《はげ》しさは、そのときのぶの耳にまで届いたほどのものだった。恒彦は友情を謂《い》い、男の社会の附合について解説し、自分の面子《メンツ》について謂う。郁子は沢田の人物論を述べ立て、共同生活の不便を謂い、権利金の要らない貸間を狙った沢田の狡《ずる》さを謂う。こんなに烈しく夫婦が言い争ったのはめずらしいことで、二人とも激してくる感情を抑えるために一段と多弁になった。二人は硬《こわ》ばった微笑をうかべて、つとめて筋道を立てて話した。そのうちに郁子が疲れ果てて折れて出た。話の途中から、何のつながりもなく、「じゃあいいわ」と言ったのである。良人は彼女の拗《す》ねた言草かと考えて少なからずうろたえたが、郁子は充血した目にうっすらと涙を湛《たた》え、大へん純な微笑で和解を求めた。恒彦はそれに輪をかけた感激を露《あら》わにして、妻に詫《わ》びた。

それ以来郁子は良人に逆らわない。自分が野放しに恕《ゆる》されていることの気味悪さを感じるためには、恒彦はもうすこし大人である必要があった。

沢田は炬燵で夕刊をひろげた。心中事件の一組の写真が出ている。

「なかなかいい女だね」

彼は恒彦へその記事のところを畳んで示した。郁子も横からさしのぞいた。

「いやだなあ。郁子に似てるじゃないか」

郁子は眉《まゆ》をひそめた。しらずしらず良人を批評する習慣が出来かけていて、こんなことを大声で口に出す恒彦の神経の粗雑さは、沢田にもおさおさ劣らぬように考えられた。「いやあね。選《よ》りに選って、心中をするような人とあたくしが似ているなんて」——そう彼女は言おうと思ってよした。言おうと思ってよす、これが郁子に新たにつけ加わった習性の一つである。

恒彦はというと、そう言ったきり、今言ったことを忘れたように、外電の記事に目を移した。手もちぶさたになった沢田が炬燵の柱を指で叩《たた》きだした。いつのまにか郁子も亦《また》、自分の指が同じように炬燵の柱を叩いているのに気づいて、すこし熱くなった指環の感じられる指を炬燵蒲団からさりげなく抜いた。

八

とこうするうちに昭和二十三年の歳末が目睫《もくしょう》に迫り、銀行は多忙を極めていたが、恒彦は仕事の上でたびたび楠と面接した。楠は常のごとく落着いた篤実な話し方をして、恒彦のせわしない話を要約する。楠の会社はまだ創業一年に充たないので、彼は無理にも短期貸付の利用によるスピーディーな資金の廻転《かいてん》を企てた。この点については友人としての恒彦には異論があった。彼らは銀行のがらんとした応接室で議論を闘わした。その最中にふと恒彦は純真無垢《むく》な闘志を殺《そ》がれたように感じることがある。そういう時、彼は楠を本気で憎んでいるように感じるのであった。この憎しみの原因が彼にはわからなかった。それもその筈《はず》、彼の楠への憎しみは楠の中にひらめくらしい或る軽侮の念の投影にすぎなかった。なぜ翳《かげ》るともしらぬ野のように、ふとかすめる鳥影を、彼は自分の汚れだと考えて訝《いぶ》かるのであった。

あんな美しい自分の妻、あんな魅力のある郁子に対する楠の最近の無関心を、ともすると恒彦は、咎《とが》めたかったのではあるまいか？

二十四日の晩のクリスマス・イヴには、郁子の二人の妹とその姉のほうの許婚《いいなずけ》が、浜町河岸《がし》の或る踊り場のテエブルを予約したのが、八人のテエブルに人数が充たないために、村松夫妻にも切符を引受けてくれるように頼んで来たところから、沢田もまじえて六人で出掛けることになった。その踊り場はバイヤー専用のもので、岸田家の知人のバイヤーに切符の入手を頼んであったのである。

露子の許婚は某製紙会社の社長の息子で、学生のくせに一分の隙《すき》もない伊達者《だてしゃ》の身装《みなり》であったが、岸田家の娘にはふしぎにこういう俗悪さに対する偏見が欠けていた。郁子も同じ特質を免れない。楠の生活上の趣味にしてからが、多少の偏見をもった女の目には、一方ならぬ気障《きざ》なものに映る筈だった。

こんな一団の中にまじると、滑稽《こっけい》なことに、沢田はいわゆる「人間の出来た」苦労人に見えるのであった。露子の許婚は沢田とはあまり話さない。彼の関心は女とジャズ・レコードのアメリカの新譜に集中されているので、沢田のような男の住んでいる世界は理解の外《ほか》に在った。

「沢田さんってへんな人ですね。ただニヤニヤしているばっかりで」

と彼は露子に言った。

「お義兄《にい》さまの腰巾着《こしぎんちゃく》なのね。あたしああいう人大きらいだわ。ただ感心するのは郁兵衛《いくべえ》（これは姉妹が郁子につけた愛称である）がおとなしくあの人を同居させていらっしゃることよ」

通りすがりの酔漢が露子によろけかかったので、彼女はとびのいたが、別に下心がありそうでもない酔漢は、そのまま振向きもしないで駈《か》け去った。ランニングの選手のような只《ただ》ならぬ様子で、釦《ボタン》を外した外套《がいとう》の裾《すそ》をマントのようにひるがえして駈けて行く後姿を見送ると、露子の許婚は顔に怒りの色をあらわして「怪《け》しからん」と呟《つぶや》いた。これは心底から怪しからんと思っているのではなく、当世風な騎士道気質が、こういう時はこういう表情をうかべるようにと規定しているのに従ったまでである。

気むずかし屋の下の妹の照子は、外套の襟を立てて、こんな寒い夜道を歩かされては肺炎にかかってしまうと大袈裟《おおげさ》なことを言った。彼女には十八歳の老婦人と謂《い》ったところがあって、まだ恋人ができない口実を自分の病弱のせいにしていたが、病弱というのは主として食べすぎから来る胃弱であった。彼女は中年男の主治医が彼女の胃の上にばかり触りたがるのはよからぬ好奇心からにすぎず、本当に悪いところは心臓なのだと人にも言い、自分もそう信じていた。

踊り場の東洋倶楽部《クラブ》の硝子《ガラス》扉を押すと、内部は煖房《だんぼう》が行き届いていて甚だ温かい。一同は温かい空気の羹《あつもの》の中へたちまち身を埋《うず》めるような快感に浸《ひた》った。受付には紙製の帽子がある。マスクがある。シャンペン形のクラッカァがある。テープがある。客はめいめいそれらの一ト揃えを手渡された。

一同がクロークに外套を預けていると、賑々《にぎにぎ》しく扉が押されて、十人ほどの若い人たちが雪崩《なだ》れ込んできた。肩やワイシャツの襟に五色のテープが蜘蛛《くも》の糸のようにまつわっている。既にほかの踊り場で踊ったり飲んだりしてきた連中である。ダンスの梯子《はしご》というものがあるのかしらと恒彦がめずらしく眺めていると、その一人は照子の友達の二世であった。

「ヘンリイ、ごきげんよう」

照子はそう声をかけた。一人のこらずチュウインガムを噛《か》んでいる少年少女たちは、この呼びかけにおどろいて一せいに照子の顔を振向いて見たが、彼女は臆《おく》する気色《けしき》もない。

この背広姿の二世の青年については郁子はかねがね露子から噂をきいていたが、甚だ愛嬌《あいきよう》に富んだ日本語を駆使するのが特徴で、彼にかかると、「有頂天」は「有天頂」になり、「妊娠」は「人蔘」になり、「七面鳥」は「七便所」になり、ある時の如きは、七輪という言葉をおぼえて使おうと思っている矢先に、電気コンロにかけてあった湯が沸騰したので、友達の二世にこう呼びかけたということだ。

「おい、ボッブ！　八輪が吹いてるよ」

照子が言うには、

「ヘンリイ、どうしたの。このあいだのパーティーへいらっしゃらなかったじゃないの」

「テルコ、僕、ごめんなさいね。あの日、行こうと思いまして、オフィスを出たんだけれどもね、虎の門のところまで来たら、カアが後生《ごしよう》しちゃったんですよ。今日は沢山踊ろうね」

定員十八名の昇降機がこれらの人々を三階へ運んだ。

踊り場の喧騒《けんそう》へ分け入った一行は、のっけから思いがけない人に出会った。楠である。彼は自分の会社の専務と一緒に、第三国人のバイヤーの卓にいた。商談の席の崩れらしく、その人たちの頬は、酒気や場内の温気《うんき》ばかりでない一種の投機的な昂奮《こうふん》の名残に火照っているように思われた。

こんなところで村松夫妻はその性格の根本的な相違を物語る反応を示すのだったが、やすやすと偶然を信じる性質《たち》の恒彦が毫《ごう》もこの偶然の出会におどろいていないのに、容易なことでは偶然を信じない郁子のほうは、これを誰かが巧《たく》んだことのように考えた。一ト月足らず前、偶然らしく事を巧んだのは郁子ではなかったか？

楠は一行にはじめ会釈で報いただけだったが、しばらくして席が乱れると、郁子たちのテエブルへ来て談笑に加わった。

露子は許婚と踊り、照子は二世と踊っていたが、沢田はまたしても面白そうな傍観者の役割を果たしており、もともと傍観者は面白い役割ではない筈のものが、それほど興深げな沢田の顔つきは、彼を奇妙に人生の達人めかして見せることに役立った。会う毎にますますこの男の気心が知れない楠も、瀬踏《せぶみ》のようにして、試みに一目置いて彼を眺めてみる気になるのであった。

「ダンスはなさらないんですか？」

御愛想に楠がそうたずねた。すると沢田がぶちこわしな返事をする。

「ええ、どうもやりたいと思いながら、つい忙しいのと金がないのとで手が出せませんでね」

「この人は人生というものがとてもお金がかかるものだと思い込んでいるのだが、死んだあとで莫大《ばくだい》な遺産があったことが判明したりするのは、こういうタイプの男に決っているのでね」

と恒彦が茶々を入れた。

バンドが交替になって踊っていた人たちも席へ戻って来たので、これをしおに、郁子がクリスマス・ケーキを切った。若い人たちはメリー・クリスマスと口々にいう。調子をあわせて沢田もいう。さすがに恒彦や楠の年配は、そう言うことが気がさすよりも、そういう心理の了解が届かなくて、仕方なしに顔を見合わせて苦笑を洩《も》らした。

ここには一つのジェネレイションが幾分の好意と幾分の敵意を以《もっ》て己れの青春を譲りわたすことを強いられるような微妙な忍耐の雰囲気があった。楠がこのごろっらつら思うこともそれだったが、若さというものは笑いでさえ真摯《しんし》な笑いで、およそ滑稽に見せようとしても見せられないその真摯さは、ほとんど退屈にちかいものと言ってよろしく、中年よりも老年よりも遥《はる》かに安定度の高い頑固な年齢であった。『そろそろ俺も人を退屈させてはならぬという義務を人生に対して負わねばならないのだ。これは俺が若さを卒業したからだ』——日頃の彼にも似合わぬこの楠のしんみりした見解は、言わず語らずのうちに恒彦にも通じたので、沢田を交えた大人たちは一段と虚勢を張って陽気になった。

郁子はあまりの喧騒と人いきれに上気していた。かすかに汗がにじんできて、そのために胸もとの肌はつややかさを増した。そういうとき彼女の目もとには言いがたい熱っぽさがあらわれて、その甘い疲労から来るすこし血走った眼差《まなざし》は、見ようによっては淫蕩《いんとう》な美のたゆたいをのぞかせた。

大皿の上には氷菓の泥濘《ぬかるみ》があった。

楠が咽喉《のど》の渇きにこれを摂《と》ろうとすると匙《さじ》がない。だれかが自分の小皿へ移して、元へ返すのを忘れたのであろう。彼の手が一瞬ためらうのを見た郁子は、何気なく自分の匙をとって楠に手渡した。既に踊りの群へ半ば気をとられながら、何気なしにそうしたのである。楠はこの慎重な女のふしぎな親切に気圧《けお》されて、そのまま受けとることはためらわれたが、幸い恒彦は沢田と話していてこちらへ視線を向けていないので、そのひまにこれも何気なく郁子の匙をうけとって、残り少ない氷菓を掬《すく》った。

　後刻、郁子と踊ったとき楠は彼女のこの無意識にちかい行動を軽く難詰した。

「さっきあなたがスプーンを貸してくれたときはびっくりしちゃったな。人が見ていたら変に思いますよ」

　郁子はつい五六分前にしたことをもう定かには憶《おぼ》えていなかった。彼女は楠を臆病で、そればかりか少し卑怯《ひきょう》だとさえ思うのであった。楠の難詰には、（もちろん難詰する権利だけは確実に持った人の言葉としても）、まだ手に入れていない部分に対するあまりに軽快な自信のほどがまざまざとあらわれているように思われた。

　明治時代にはあだし男の接吻《せっぷん》に会って自殺を選んだ貞淑な夫人があった。現代ではそんな女が見当らないのは、人が云うように貞淑の観念の推移ではなくて、快感の絶対量の推移であるように思われる。ストイックな時代に人々が生れ合わせれば、一度の接吻に死を賭《か》けることもできるのだが、生憎《あいにく》今日のわれわれはそれほど無上の接吻を経験しえないだけのことである。どっちが不感症の時代であろうか？

　郁子が感じている軽い酩酊《めいてい》のようなこの失望は、乗ぜられまいとする警戒心が、拡大鏡にかけてみせた失望でもあるらしかった。しかし望みをもたなかった者が、どうして失望したりすることができよう。諦念《ていねん》と野望とが郁子の生活の、また感情の振幅を誇大にひろげた。このごろ良人《おっと》に示す彼女の従順さやさしさにしてからが、当てずっぽうの不正確な表現にすぎなかった。それは諦《あき》めからか？　放心からか？　すまなさからか？……実のところそれは、すこしく感情の流露を知った女の、単なるやさしさ単なる従順さにすぎなかった。

「郁兵衛はちょっと御親密すぎるわね」

と露子は許婚《いいなずけ》に云った。青年は皮肉に眉《まゆ》をあげて、楠と踊っている郁子のほうを見た。

「君も御血統だから将来あぶないもんですね」

「いいえ」と露子は云った。云いながら彼女は麦酒《ビール》を呑《の》んでいる恒彦をちらりと見たが、こういう年頃の少女の軽蔑《けいべつ》は、四十女の軽蔑よりももっと苛《か》酷《こく》なものである。こう言った。「あたくしたち姉妹は、危ない方と結婚すれば、案外危なくならないですむのよ」

「つまりスリルが好きな血統なんですね」

と許婚が彼に了解できる範囲の結論をつけた。

露子はその上妹の胃にまで気を配らなければならなかったが、照子は二世たちのテエブルに招かれて、又ぞろクリスマス・ケーキを喰《た》べ、プラム入りのチョコレート・ケーキを喰べ、アップル・パイを喰べていた。その卓は例のチュウインガムの少年少女たちが伊達を競っているなかに、露子の友達の二世や学習院の高等科の少年がいるのだったが、十八ぐらいのくせに頭を伸ばして綺麗《きれい》になでつけたそれらの顔だちは、何か栗鼠《りす》の一群を思わせた。照子はこの人たちと学校の舞踏会で知り合いになったのである。

かかる間《あいだ》に、沢田が、踊りから立戻った楠と郁子と恒彦を聴役に、すこし酔いの廻《まわ》った口疾《くちど》な調子で、彼流の恋愛論を開陳していた。それによると沢田のような男にとっては、色事に関してもっと口のうるさい社会のほうが住みよいというのである。

「だって、そうでしょう。戦争前までの日本みたいに、いや、ずいぶん自由だったようにみえた大正時代でもそうですが、良家の子女が大して思い切ったことはできなかったあんな時代なら、僕なんぞもっと住みよかったろうと思いますね。年頃のわれわれなんか、妹と一緒に活動を見に行ったって、忽《たちま》ち噂の種にされる始末でしたからね。あんな時代なら僕だって恋人の五六人もありそうにみせかけるのは造作もないことです。（聴き手たちは礼を失しない程度に、「さあ、それはどうかなあ」という表情をうかべた。）ところが今みたいな時代は厄介ですね。みんなが噂だけでは満足しなくなったので、噂の代りに証拠事実が入用《いりよう》になったのです。噂の占めていた領域まで事実が占めなければならなくなったのです。証拠事実の提出という段になれば、妹と活動へ行った、ぐらいでは足りませんからね。そうすればいきおい証拠事実を捏造《ねつぞう》しなければならなくなるし、そのためには金が要るし、……そうかって、何もしないでいれば噂一つ立てられないから、あいつは唐変木のとんちきだと言われることにもなるんです。さもなければ僕みたいに、まじめ一方の銀行員というわけで、ダンスを習う気もしなくなるのです」

「金がかかるからね」

と恒彦が註釈《ちゅうしゃく》をつけたが、これは同居人への多少狎《な》れすぎた失礼な註釈で、日頃の恒彦にも似合わないことだった。

九

昭和廿《にじゅう》四年を迎えて、郁子は数え年廿三歳になり、恒彦は卅《さんじゅう》六歳になった。楠も沢田も恒彦と同年である。

村松家は新春の装いを凝らした。門松を立て、座敷には則彦の形見の中からただ一つのこした大観の来迎《らいごう》の図を掛けた。のぶは自分の部屋に大熊手を掛け、餅花《もちばな》を飾った。この金ぴかの大熊手は先代在世のころの慣習に従って茶の間の欄間に飾ろうとしたのぶの主張が、恒彦にはねられたものである。

用があると楠のほうで村松家を訪れていた結果、いまだに恒彦夫妻は楠の家を訪ねていなかった。その義理を年賀の好機に果たそうと恒彦がいう。一月二日は快晴の暖い日であったので、夫妻は連れ立って楠家へ年始に行った。正月のことであるから、郁子は紫鹿《か》の子の総絞りの訪問着に薄色の羽織の和装であった。

楠家は麻布笄《こうがい》町の焼跡に建てられた小ぢんまりした洋館で、坪数の制限があるために、南むきに意地を張ったように不相応なひろいポーチを張り出していた。門のわきに焼残った立派なガレージも不相応なものの一つである。門を入れば、まずこのポーチが目に入る。そこに置かれた籐《とう》の寝椅子に、顔いろの甚だすぐれない一人の女が凭《もた》れていた。見るなり郁子は、新年匆々《そうそう》不吉な聯想《れんそう》ながら、死骸《しがい》が寝ているのを見たような心地がした。この印象はおそらくその婦人がけばけばしい和服の盛装をしているのに、胸高の帯もゆるめずに籐椅子に仰向いている彼女の顔が、濃い白粉《おしろい》の下にみえる肌の蒼白《そうはく》を、まことに正直に露呈していることから来たのである。

異様なものにぶつかった年賀の客は、案内を乞《こ》うさきにまず彼女に挨拶《あいさつ》をせねばならぬ重苦しさに気圧《けお》されたが、たまたま楠がポーチへあらわれてその場を救った。彼が籐椅子の婦人を夫妻に紹介した。彼の妻の由良子《ゆらこ》である。

「家内はこうして寝たり起きたりなんです。お正月だというので、三ヶ日だけは人並の生活をしたいと云って、あんなに盛装しているんだけど、……」

これは半ば聞えよがしに楠の口から夫妻に告げられた報告だったが、籐椅子の婦人は微笑を含んだきりで、それに抗議するでもなく悲しい様子を見せるでもなかった。殊にその青みがかってさえみえる澄んだ目に出会うと、郁子はどんな判断もこの目の前には無力であることを感じた。一見してこの家の不幸をかぎつけさせたこの夫人の存在が、一体楠の悲劇であるのか、それとも夫人自身の悲劇であるのかをつきとめたい気持に忽《たちま》ちなったが、どうやらそれも不可能な判断のように思われだした。

『楠さんがあたくしたちをここへお招きになりたがらなかったのは、この奥さんがいらしたためだ。私はこの死人のような若い女の人を、よく見れば美しさの名残もあるこの若い夫人を、どう解釈したらよいのであろう。この可哀想な女の人を、ここまで追いつめたのは楠さんの罪であろうか？　それとも彼女の自業自得であろうか？　あるいはまた、いちばんありふれた、いちばん単純な原因、つまり、「病気になった」からだけのことであろうか？』

こんな問いかけを、郁子がこの女の上に自分の運命の辻占《つじうら》を試みたことだと説明しては、言い過ぎであろうか？

又一方、郁子は心やすさをも併せ感じた。というのは、甚だ複雑な憐憫《れんびん》の機械仕掛で、楠が妻以外の女へむかう気持を正当化してみると、自分の責《せめ》も軽くなるような気がするのであった。

事実、年賀に行ったこの日の思い出は、郁子の心の生活に深いしるしを与えた。楠は悩める男としての別様の形姿をあらわした。どんな女にも、苦悩に対する共感の趣味があるものだが、それは苦悩というものが本来男性的な能力だからである。

それやこれやを考え合わせると、郁子にとってますます解《げ》しがたいのは沢田であった。村松家へ来てからとりわけ彼の日常生活は好奇の目で見られやすく、新聞を隅から隅まで読んだりする癖は、むしろ御愛嬌《ごあいきょう》にちかかったが、面白いことには彼は読んだそばからすぐ忘れてしまうのである。

たとえば彼が綿密に読んだあとの新聞をとりあげて、恒彦が郁子に一口噺《ひとくちばなし》をよんできかせて笑う場合、今はじめてきいたように無邪気に調子を合わせて笑う沢田を見ると、一見行き届いた苦労人のようであったが、きいてみれば、「いやそれは読まなかった。気がつかなかった」という返事であった。

もう一つおかしいのは彼の莫迦々々《ばかばか》しく潔癖な念の入った生活態度で、朝の洗面の賑々《にぎにぎ》しさは、引越して来て匆々村松家の人々の目をそば立たせた。百雷の一時に落つるかの如き含嗽《うがい》の音が、何事ならんとのぶ親娘《おやこ》を洗面所へ走らせたが、うがいのあとの歯みがきの時間の永さに、かけつけた見物人はうんざりした。「あんなことをなすっては、今に歯がすりへってなくなってしまう」とのぶが言ったのは尤《もっと》もである。また彼が自分の健康について払う注意のかずかずは、舞台を控えた神経質な女優だってあれほどではなかろうと思われた。国から届いた蜜柑《みかん》箱をあけている折に、釘《くぎ》がかすかに沢田の小指のさきを傷つけたことがあったが、忽ち彼は万事を放擲《ほうてき》して自分の机の抽斗《ひきだし》から沃度丁幾《ヨードチンキ》をとり出してそこへ塗った。塗った個所をふうふう吹く顔つきの真剣さと来たら、写真にでもとっておきたいようであった。

郁子は次第に沢田と話すことに心やすさを感じるようになった。この苦悩の皆無、機智の皆無、皮肉の皆無、デリカシイの皆無にまして今の彼女を慰めるものはなかった。いつのまにか郁子は、自分でそれを想像している以上に謙虚になっていたのである。

……ともすると恒彦は、ちかごろの妻の日常に何ものかが翳《かげ》を投げていることを感じるのだった。この聡明な良人《おっと》は、良人たるものの機能が、「信ずること」以外にないことをも知っていたので、それなればこそ見て見ぬふりはつとめて避けようと考えていた。闇のなかで強いて見ようと努めるように、目をみひらいた。何も見えない。見えないばかりか、闇の歩行は、手探り足探りのほうがまっすぐ歩けるのだ。見ようとすれば、却《かえ》って額をぶつけるような破目になる。

或《あ》る日、恒彦と郁子は二人で夕刻の散歩をした。彼が銀行からかえってまだ日が落ちていなかった夕べのこと、食事前に散歩に出たのである。この散歩の唐突な思い立ちを、甚だ拙劣に恒彦が言い出したので、郁子はその不自然な調子に固くなり、異議をとなえる余裕ももたなかった。恒彦は次のようなことを、まるで初心《うぶ》な青年が許婚《いいなずけ》に誘いをかけるように、註釈沢山に言ったのである。

「きょうはあたたかいし、風がないし、それに夕日がとってもきれいだし、何となく散歩をしてみたくなるような夕方だね。晩飯の前にぶらぶら歩かない？」

たまたま散歩の途次、二人はむこうから歩いてくる仲のよい老夫婦の散歩姿に出会って軽い微笑を交わした。老夫婦はこのあたりで有名な鴛鴦《おしどり》夫婦で、その良人は引退した政客にふさわしい威丈高な美髯《びぜん》にまだ執着していた。襟巻を巻いた和服の姿ながら、勲章をつけた大礼服を着用に及んだようなものものしさで、この老いた雄雞《おんどり》が胸を張って歩む。老いた雌鶏《めんどり》はこころもち身を退《ひ》いて、良人の稚気満々たる野心のつっかえ棒の役割を今以《もっ》て忠実に果たしているようにみえた。つまりこの老夫婦は、社会にむかって二人がとった協同の姿勢を、そのままたぐいなく美しく老後の日常に融《と》かし入れているので、これを見る人は、「社会」が彫り出した一対の枯淡な木彫の人形を見る思いがした。

「いいもんだね。仲のいい老夫婦って」

「そうね」

恒彦と郁子は夕日が茫漠《ぼうばく》と戸山ヶ原の進駐軍住宅の群落をてらしているのが見渡される崖《がけ》の上に立ってしばらく居た。

すると恒彦は甚だ感傷的な気持になり、今しがた、「いいもんだね、仲の好い老夫婦って」といい「そうね」と答えた夫婦の対話が谺《こだま》を返して来て、それが遠くのほうで別の夫婦が交わした対話のように白々しく思われだした。

『なんて寂しいんだ！　なんて寂しいんだ！』

彼の寂しがりやのお坊ちゃん気質がこう叫んだ。彼は中学生のとき野球の対校試合に負けて、みんなが泥だらけのユニフォームの肩を組んでおいおい泣いたことを思い出した。

甘えた気持の延長で恒彦は次のような訊問《じんもん》を郁子にしたが、おかげでその訊問に必要な真面目な重量をのがしてしまった。

「このごろ、君、楠とよく会うの？」

郁子にとってこれほど確実に予期され、周到に防備された攻撃はなかった。ストップ・ウォッチの針がとめられたように、その問いかけはむしろ、郁子の意のままに良人の口から出たのであった。

「いいえ、ちっとも。……だってあたくしとお会いになって、楠さんがあなたにそう仰言《おつしや》らないわけがないじゃないの」

恒彦は妻が嘘をつくことが甚だ下手で、子供らしさをむきだしにした嘘をつくことに感心した。感心したおかげで彼は黙ってしまった。

すると郁子が言い出した。

「本当をいうと、あたくし二三度お逢《あ》いしてよ。あなたのお留守に二三度電話をかけていらして、あなたも呼んであるからすぐどこそこへ来るようにって仰言るの。あたくし二度までだまされて行って、すぐ逃げて来たけれど、あなたには申上げなかったの。だってつまらないことでお友達が傷つけあうよりも、あたくしさえしっかりしていれば何でもなく済むことですもの。あたくし自分がぐらついたら、あなたに助けていただくつもりだったの」

恒彦はこの告白の真率さに搏《う》たれてこう言った。

「かまわないから何でも僕に相談おし。友達附合のことなんか心配しないでいいんだよ。ましてあいつは僕にとって一方的関係で、あいつの生殺与奪の権は僕が握っていると謂《い》っていいんだからね」

「いざというところであなたに出て来られて、あの方がどんな顔をなさるか見物《みもの》だわ」

恒彦はこの子供らしい妻のなかにこんな毒が含まれているのに仰天して、悪役ぶった自分の誇りを打ち砕かれ、むしろ郁子に教えを乞《こ》いたい気持にさえなった。

「おどろいたね、まるでスポーツだね」

彼は妻が自分より十三も若いこと、のみならず楠とも十三の隔たりがあることを考えて怖ろしくなった。そのあいだ郁子は、蒼《あお》ざめた楠夫人の盛装の姿が何故か頭から離れないでいたが、夕日の坂をけたたましい音を立てて下りて来る荷馬車が、この幻想を打破った。

十

秘密は人を多忙にする。怠け者は秘密を持つこともできず、秘密と附合うこともできない。郁子の精神の或る懶惰《らんだ》が、秘密に対して払うべき敬意を要求する生活をもてあまさせた。

昼間一人でいるときなど、彼女は居辛《いづら》くなって一人で活動写真を見に出かけたり、昔の学校友達を訪ねたりすることがある。永い昼間を家のなかでじっとしていることができない。そうしていると、退屈で横柄な護衛のように彼女のかたわらに、また背後に、「秘密」が無言で佇《たたず》んでいるような心地がした。郁子はこの陰険な尨犬《むくいぬ》をまこうと試みるのであった。しかし秘密を手なずける方法は一つしかない。すなわち膝《ひざ》の上で眠らせてしまう方法である。

学校友達は当歳の男の児の母である。授乳のために着物の胸もとがこころもち緩い。この若さでもうお化粧にも贅沢《ぜいたく》にも興味がなく、のべつ幕なしに赤ん坊のことばかり話している。郁子と彼女は柵《さく》のついた幼児用の寝台《ねだい》の置いてある部屋で話したのである。

部屋は四方が薄い緑いろのペンキで塗られている。豪華船の子供部屋のように、壁に仔熊《こぐま》や兎の童話風の絵が描《か》かれていた。当歳の子供にそんなものはわかりはしない。却《かえ》って、若い楽天家の両親が、ペンキで兎に山高帽をかぶせたり、カイゼル髭《ひげ》を描き加えたりして面白がっていた。おかげで子供は最初の印象から、五十になっても兎は山高帽をかぶっているものだと疑わないだろう。政治的偏見というものは、十中八九親の罪であるから、気をつけねばならない。

「旦那《だんな》様と喧嘩《けんか》でもなすったの？」

赤ん坊の口もとにのこった乳を拭《ふ》いてやりながら友達が突然言った。この月並な当推量は郁子を微笑させた。

「あら、どうして？」

「だってあんまり珍らしいお出《い》でだから。それに、いつもに似合わず黙っていらっしゃるから」

こう言われてみると郁子には、わざわざこうして友達を訪ねて来た理由があいまいになった。一体良心を責め苛《さい》なむほどのどんな秘密があったであろうか。そんなものはなかったのだ。ここかしこへ彼女を追いまわしているこのふしぎな尨犬は、秘密ではなくて、実は端的に、恋心ではなかろうか。

郁子ははじめて明瞭《めいりょう》な危険を感じた。彼女は帰ると言った。友達が引止める。ふりはらう手が友達の手の甲をたまたま打った。

「まあ、痛いわ」

友達は大仰に顔をしかめた。郁子はそれを無作法に見ているばかりで、謝ろうとしなかった。


感情には、だまかしうる傾斜の限度がある。その限度の中では、人はなお平衡の幻影に身を委《まか》す。というよりは、傾斜してみえる森や家並の外界に非を鳴らして、自分自身が傾きつつあることに気がつかない。

いわばこの傾斜は、その上におかれた鉛筆がころがり出してから気づかれるような机の傾斜であり、その上にこぼれた水が流れ出してから知られるような床《ゆか》の傾斜であった。

何事につけても懶《なま》け者《もの》の冷静さを失わない性質《たち》の郁子の判断は、この傾斜度についてさえ、ぞろっぺえな目測で足れりとしていた。ついぞ薬品に対してまともな抵抗を試みたことのない中毒患者のように、毒の怖ろしさを、はた禁断症状の恐ろしさを、ふたつながら知らぬ郁子であった。

……友達の家のかえるさ、郁子は硝子《ガラス》の坂をよく辷《すべ》る靴でおそるおそる降りてゆくような心地がした。自分の靴先を見る。今までその靴先が、何事もなく駅の石段を踏み、何事もなく石畳の急坂をのぼって行ったのが不思議でならない。

今ではすべてが郁子にとっての不可思議であった。郊外の町の果物屋に荷が着いて、蜜柑《みかん》箱が堆《うずたか》く積まれている。縄が切れてその一箱が音高く街路に落ちる。丁度蓋《ふた》がこわれかかっていたので、蜜柑は地上に散乱した。歩いている郁子の足もとにその一つが転がって来た。

するとと彼女には、その蜜柑が何か格別な意味をもっているように考えられた。そのことばかり、しばらく頭を去らない。疾走して来た自動車が危うく彼女の傍らを擦過した。

郁子は郊外電車の踏切の前に在った。踏切が冬空を区切ってたかだかと上る。それにもかかわらず、いましがた車とすれちがった恐怖から足が前へ出ない。家へかえるまで、幾度となく奇禍がおそいかかり、そのなかの一つはどうしても避けることができないような気がしたのである。

彼女の体は小きざみに慄《ふる》え、自分のものではないようなその胴が、西洋人形の藁《わら》を詰めた胴体同然に思われた。そして郁子の心を占めている言葉は一つであった。『私は楠さんを愛している！　私は楠さんを愛している！』

そうすると忽《たちま》ち彼女は、今まで心を落着かなくさせていたささやかな秘密、すなわち楠と接吻《せっぷん》を交わしたという秘密が、軽やかに解き放たれて飛び立つような感じがした。

しかしまた飜《ひるがえ》って思うに、この突然の覚醒はただ秘密を身軽にしてやるためのジェスチュアではなかったであろうか？　事の重大さはむしろ秘密そのものに、何回かの接吻を秘密と考える律儀さに、ひそんでいたのではなかろうか？　何故かというと、甚だ派手好きで利巧な郁子は、結婚したのちも幾人かの男と戯れの接吻を交わして噂ひとつ立てなかったことが一再ではなかったからである。

『私はまだ操をけがしているわけではないんだわ！　そうだった。私はまだ楠さんに身を委したわけではないんだわ！』

次に来た当然の発見はこれであった。彼女は小躍りした。良人《おっと》がまだ勤めからかえらない深閑とした自宅の門を小躍りしてくぐった。さきほどの不安はもはやなかった。それのみかこの世の中で、怖いものは何一つないような気がされた。

のぶが届いていた書状をさし出した。親しい年長の夫人から、その夫人が会長である慈善団体の手伝いをしてもらえまいかという依頼状である。郁子は即刻応諾の返事を書いた。あまつさえその手紙を出すために自転車を引き摺《ず》り出して乗りかけた。のぶが不審げに訊《たず》ねるのだった。

「わたくしがお出しいたします。御自分でおいでにならなくても、人手があまっておりますのに」

「ええ、でも散歩にいいからと思うのよ」

冬の夕まぐれの寒風が吹きまくっている戸外である。

……この静かに膝《にじ》行り寄って来る早春の気配の中に在って、楠は商用で大阪へ出かけた。春の季節は、はじめのころは襟元きよらかな身じまいのよい女のようで、襖《ふすま》一つむこうに坐《すわ》っていても、ただ薫りでそれと知るばかりだ。

楠はこの季節に甚だ似合わしからぬ女を同道していた。彼はこんなお茶っぴい芸《げい》妓《ぎ》はきらいであった。ただ彼女が郁子とちっとも似ていないという、それだけの理由で満更でもない気がするのであった。すべてが郁子への当てつけ、女と限らず、彼の生活のすべてが郁子への当てつけになった。彼はこのごろわざと女を連れて人目に立つところへ押し出すのだったが、それはひとつには、郁子にぱったり逢いはしないかという期待と危惧《きぐ》のためである。

夜行列車で、女は膝の上にレエスでふちどった手巾《ハンカチ》をひろげ、小指を怒《いか》らせて蜜柑を剥《む》いた。彼女と食事をすると、茶漬けになって、がらっぱちの本性が露見して、肱《ひじ》を男のようにひろげて御飯を掻《か》きこむのが、楠は気楽で好きだ。そういう時、袖口《そでぐち》から子供らしい二の腕のあたりまでが窺《うかが》われるような心地がする。そのくせ指はたいへん鋭敏で、おさらいの折には立三味線《たてじゃみせん》を承るほどである。気骨《きぼね》の折れない彼女は、電気マッサージの効用をもつだけに、多少くすぐったくもある道連れであった。空気枕をふくらませて彼の頭に宛《あて》がってやるにつけても、楠の助力をたのまずに、自分一人で空気枕と取組むのだが、ふくらみ切るまでに十回も中休みをして、そのあいだにまた空気を洩《も》らしてしまう一《ト》騒動が、割に空《す》いている二等車の、近所迷惑にならないだけでも倖《しあわ》せであった。

楠は空気枕に若々しい髪を凭《もた》せた。

彼は郁子を欲しいと思い、それ以外の何ものをも希《ねが》わなかった。これを考えると自分の今までめぐってきた迂路《うろ》が、楠自身にも納得がゆかない。

『あんな女は後にも先にも見たことがない。これぞと思う女に二ヶ月以上かかったおぼえのない俺が、もう五ヶ月というもの、手こずっているのだからなあ。いや、手こずるという言葉は本当ではない。俺はあの女からはじめて躊躇逡巡《ちゅうちょしゅんじゅん》のたのしさを教わったようなものだから。あんな女が初恋の相手だったら、俺はとっくに青酸加里でも呑《の》んでいるだろうよ。

　何という不確定、何という不安、何という美しさ、何という冷酷の、郁子はカクテルであろう。あんな鋭敏な女が、自分で自分に不安を感じていない筈《はず》がない。ああいう女は、人に知られないように自分の恋を包んでいて、その恋に見込みのないことをとことんまでつきとめると、書置ひとつ書かないで自殺してしまうような型かもしれない。

　あれはまるで象牙《ぞうげ》の人形のような女だ。ひょっとすると、不感症ではないかしらん。俺は郁子からようやく十日に一ぺん逢《あ》う許可を得て、堅人《かたじん》の亭主の帰宅の時間にいつも間に合うように帰してやる。そのたびに接吻もする。しかしその他のどんな穏便な愛撫《あいぶ》をも彼女は頑《かたく》なに許さない。……不感症どころか、鋭敏すぎる機械の持主の護身の本能ではあるまいか。

　接吻……そうだ、俺にとってはその度毎に胸の焦げるような思いのする接吻も、しょっちゅう食慾《しょくよく》のない女が冷淡に皿をしりぞけるように、冷静な彼女の手が、俺の体を、（まるでお皿みたいに！）押しのけるところで終るのだ。俺のみっともないことと云ったら、お預けを喰《く》った番犬のようだ。彼女はついぞ俺を愛していると言ったことがない。目の潤い、唇のかすかなおののき、その全身が愛の兆《きざし》を訴えているときも、彼女は俺を愛していると言ったことがない。ところが俺のどうにもならない弱味は、女の口から「愛している」という言質《げんち》を得ないと、どうしても勇気をふるいおこすきっかけができないことだ。俺の中の見栄坊《みえ》が、後難を憚《はばか》らせるのだ。

危険を察知する郁子の鋭い嗅覚《きゅうかく》は、あれは何かしなやかな動物の本能を思わせる。俺は詐術を用いないさきから、郁子の目が、俺の用いようとしている詐術を見抜いていることを察して諦《あき》らめるのであった。

……こんな風にして、次第に俺は郁子に馴致《じゅんち》された。馴致とはかえすがえすも変な言葉である。俺はいつかしら、苦痛を享楽することを憶《おぼ》えたのだ。郁子とのあいびきの、あの少年がするような俺の接吻の、すべての享楽はそれに尽きる。何という苦い快楽を、この年になって俺は憶えたことだろう。

俺は大人しくしていることも満更ではないと知った腕白小僧のように、手を束《つか》ねて郁子を眺めている。そうだ、俺はこの世には、ありふれた粗暴な快楽のほかに、もっと微妙な快楽もあることを教えられた。粗暴な快楽が純粋でないのは、その快楽が「必要とされている」からであり、別の微妙な快楽は、不必要なだけに純粋なのだ。……』

——その実こんな省察は、楠にふさわしいものではなかった。彼は疲れて眠ってしまった。夢のなかでは病気の妻の顔があらわれて、彼にむかって何かを吹きかけるような口つきをしたが、目がさめると、かはたれどきの、灰いろのプラットホームが流れて来て傍らに止まる。京都駅であった。

　この日、郁子は慈善団体の最初の用向で、会長の津川夫人と一緒に横須賀《よこすか》へ行った。今度の慈善の対象になる戦災孤児の保育所がそこに在るので、打合せと視察のために出向いたのである。

　東京、京都、軽井沢で春夏秋冬ひらかれるバザー、舞踏会の収益から、文房具だの玩具《おもちゃ》だの菓子だののクリスマス・プレゼントや、頭のよい孤児への奨学資金を捻《ねん》出《しゅつ》するために二十人にのぼる有閑婦人が活動していたが、津川夫人をはじめ美しい若夫人ばかりのこの人たちは、慈善事業につきもののあの世をすねた陰性な情熱から免かれているので気持がよい。この人たちは日露戦役当時の美しい上流婦人の篤志看護婦の末裔《まつえい》なのであった。彼らの母や祖母が戦争に惹《ひ》かれたように、彼らは貧困に惹かれるのであった。これは貧乏にならないためのおまじないみたいなものだ。

　津川夫人と郁子は横須賀での用件が思いのほか早く済んだので、夕食を中華街でとるために横浜へ立寄ったが、まだ夕食までは間《ま》のある時間を、山下公園までそぞろ歩いた。彼女たちにとっては洋服地の買入れのほかには用のない横浜なので、殊に山下公園は戦前の姿をしか知らないが、そこにぎっしりと進駐軍住宅が立ち並び、立入禁止になっているのにはおどろかされた。

仕方なしに郁子と津川夫人は、風もない暖い日ざしの歩道を公園ぞいにしばらく歩いて、緑いろの鉄骨を持った山下橋の袂《たもと》まで来て、二人の仲のよい娼婦《しょうふ》のように、そこの鉄柵《てつさく》にもたれて港を眺めた。

「こうしてここに暗くなるまでぶらぶらしていたら、ヘイヘイ！　とかハロウ！　とか呼びとめられそうな場所ではなくって？」

贅沢《ぜいたく》な貂《てん》の外套《がいとう》を着た津川夫人がこう言った。郁子は答えて、

「大丈夫よ。それまでにあたくしたち、風邪を引いてしまいますわ」

左側の公園の金網のなかには、進駐軍の家族の、色とりどりの美しい洗濯物が木《こ》の間《ま》にひるがえっているのが瞥見《べっけん》される。このあたりはさすがに風が強い。目の前を伝馬船がとおる。艀《はしけ》がとおる。防波堤の上で御苦労様にも釣をしている人が四五人いる。晴れわたった沖の濃紺はまことに美しく、水平線上に碇泊《ていはく》している大きな汽船は、西日に照りはえて白いふしぎな遠方の城のように見えた。

郁子はこれを見ているうちに、又しても危険な感動で胸が苦しくなった。それは何故ともしれない感動で、あの船と楠との間に何のつながりもあるわけではない。しかしあの船という一個の表象、というよりは一個の観念の映像が、楠のそれと見分けがつきがたくなっているのは確かである。

寒さを口実に、彼女は津川夫人を促してそこを離れた。カソリックの尼さんが三人、巡査に道をきいている風景が、夫人を喜ばせた。夕食のあいだ交わされた話は、二三の仕事の話題を除いては、お定まりの恋愛論であったが、筆の立つ津川夫人は構想中の短篇小説の略筋《あらすじ》を話した。それは或る夫人と年下の青年との恋愛小説で、その或る夫人というのは、津川夫人自身ではあ《あ》るまいかと郁子には思われた。

十一

楠の大阪滞在は二週間に及んだ。関西に出張所を設けるためにさまざまの折衝が要ったのである。

この二週間は、楠を郁子について甚だ不利な立場へ持って行った。云いかえれば恒彦を有利な立場へ。……のちになって又考えると、ついぞ己れの経験を分析してみることがない恒彦は、従って己れの経験から教訓を得ることもなかったので、楠が全く無意識に犯したこの失敗を、やがて重ねて犯すようになるのである。

郁子はというと、このごろ自分の感じだした夥《おびただ》しい危険を、ただに危険の側面からばかり見たがった。今ごろになって危険を感じるなんて、一体今まで彼女は何をしていたのか。

事実郁子は、あの懶《なま》け者《もの》に自然とそなわる不可解な自信で、おのれの怠惰が何ものにも匹敵することができ、何ものも彼女を勤勉な女に変えることはできぬと盲信して、安心しきっていたのである。貞淑というものは、頑癬《たむし》のような安心感だ。彼女は手紙といいあいびきといい、あれほどにも惑乱を露《あら》わにした一連の行動を、あとで顧みて、何一つ疾《や》ましいところはないのだと是認するのであった。彼女は冷静に行動し、何一つ手落ちがなかったことを自分に言いきかせながら、或る日のこと楠と気軽に接吻《せっぷん》した。銀座裏のフレンチ・スタイルのカクテル・バアの、二人きりの小部屋で、或る日のこと。……最初の接吻のあとで、郁子は笑うのであった。気を悪くした楠が笑った理由を訊《たず》ねると、郁子はこう答えた。

「だって、あたくし自分が可笑《おか》しくてたまらないの」

答えてまた郁子は笑った。その笑いの感情のなかには明らかに楠がいない。これが楠をなおのことじらせた。酒をすすめた。彼女は飲まないで帰るという。楠がすねてみせると、別れの接吻を軽く与えて、先に戸口へ出た。郁子の冷静な行動のこれが一例である。

不安はむしろ勝利者の所有《もの》だ。連戦連勝の拳闘《けんとう》選手の頭からは、敗北という一個の新鮮な観念が片時も離れない。彼は敗北を生活しているのである。羅馬《ローマ》の格闘士は、こんな風にして、死を生活したことであろう。

郁子は最初の接吻でおのれが強くなったのを感じた。これが彼女の男まさりなところである。全力をあげてこの甘美な一瞬の記憶に立ちむかい、それを否定し蹂躙《じゅうりん》することに喜びを持った。その晩、彼女は良人《おっと》を狂おしく迎えた。丁度、河口湖の別荘でのあの夜のように。恒彦は常に似合わぬ妻の情熱に戸惑いし、半ば喜びながら、半ば呆《あき》れて、まるで法外なお土産をもらった子供のように、それに手をつけかねているのであった。

翌《あく》る日彼は妻に舶来の洋服地を贈物した。

郁子は強くなった。楠との最初の接吻はシャルパンティエの気の毒な一夕の一週間のちであったが、そのとき以来、彼女は今までの甚だしい惑乱から脱け出して、「敗北を生活する」ようになったのである。

一旦《いったん》楽天的になると止めどのない郁子は楠から自由であると感じるようになったが、これは思い上りというべきで、あれほど自分を惑わした男から接吻されても案外動揺がないという自信をかきたてて、その自信の裏側で、楠にすがりついている証拠だとは言えまいか？

その接吻は喜びではなかったか？　それとも手練《てだれ》の楠にして、なおその接吻で不手際を見せたのではあるまいか？　楠はもっとなべてに巧者な男ではなかろうか？

郁子が求めだしたのは、あらわにいうと、矛盾し合う二つのものであった。もっと激しい快楽と、もっと激しい快楽にも負けない心と。……それでいて狡《ずる》さがこの欲望を裏切った。

郁子は二度目の、三度目の接吻を味わったが、それに負けまいとする心と、負けないという自信と、……それに負けようとする心と、負けはしないかという不安と、……これらのものが寄ってたかって、彼女を蝶《ちょう》のような実意のない身振で楠の手からのがれさせた。逃げて来て、とある葉末にとまって、息をはずませて、「私は負けはしなかった。今後も負けはすまい」と彼女は呟《つぶや》くのであった。

……その郁子が率然と危険に対して謙虚になり、心の内にもせよ、「私は楠さんを愛している」と呟きはじめたのは何事なのか？　この早春の大気が、この不実をも欺瞞《ぎまん》をも悪徳をものこらず透視してしまうような明晰《めいせき》な早春の日光が、彼女の行動の狡さと偽瞞とをあばき立てたからでもあろうか？

……郁子はまたしても、霜どけのぬかるみに気をとられて歩むうちに道をまちがえる人のように、狡猾《こうかつ》な誤算を犯すのであった。危険を誇張して考えると居ても立ってもたまらなくなり、楠に会いたいと考えたが、彼は大阪へ行っていて留守である。甚だ意地悪な見方をすると、突発的に郁子が感じだしたこの危険は、自分の今までとった行動の煮え切らなさがそろそろ楠を諦《あき》らめさせて、楠が自分を去ってゆくのではないかという危惧《きぐ》であるのかもしれなかった。それが証拠に、彼女は楠の大阪行を急に悪意と疑惑の目で眺め、念のために彼の会社へ掛けてみた電話が楠の不在を告げると、今度は楠が居留守を使っているのではないかという疑心暗鬼に責め立てられた。

郁子は一人ぼっちだった。もう十年間も一人ぐらしをしている女のように、一人ぼっちだった。このとき楠が東京にいさえすれば、彼女はむしろ自ら進んで、彼に身を委《ゆだ》ねたかもしれなかった。

沍返《いてかえ》ってまた炬燵《こたつ》が快い或る晩のこと、夕食のあとで長話をしていた沢田が二階へ立去って、村松夫妻は沢田を牽制《けんせい》するために掛けたラジオが、詰らない演説をはじめたのでスイッチを切ると、急に二人の間に落ちて来た沈黙の重量におどろいた。

しばらくして恒彦がやさしく口を切ってこう言った。

「ちかごろ楠は何か言って来る？」

この言葉をきくと郁子は、われにもあらず涙が出そうになって戸惑ったが、咄嗟《とっさ》にうかべた微笑は心を素直にして、良人に打明けたい気持をおこさせた。

「そのことでお話があるのよ」

郁子はいそいそと言った。瞬間ふしぎな予感から、恒彦はその話をききたくないと思う。

・そこで遮《さえぎ》って、こう言った。

「もういいよ。碌《ろく》な話じゃなさそうだから」

「でもきいていただきたいのよ。あたくし、楠さんと……」

「ききたくない。ききたくないよ」

恒彦は怪談をきかされまいとする子供のように冗談めかして耳に指で栓をした。笑いは強張《こわば》って、笑いにならない。

郁子はそんな良人の表情のなかに、非常に躾《しつけ》のよい子供が、永いあいだ誰にも言わずに我慢していたような悩みのあらわれを見るのであった。

それよりもむしろ良人がいま想像し誤解しているような或る事実の告白があったとしてもこの程度ですみそうだという証拠を見まいとする恐怖感から、彼女は言葉を控えた。そして別な方角から良人を捕え、良人によりかかり、この真心を以《もっ》て妻を愛していると信じている男の幸福にあやかりたいとねがって、次のように言った。

「いやな方。おききになりたくないことなんか何もなくってよ。あたくしただ、あなたに助けていただきたいと思って申上げているんだわ」

「またスポーツかい？」

「ええ、スポーツよ」

郁子は世にも快活な、少女の魅力にかがやいた眼差《まなざし》で、良人の視線をまともに受けた。

「あなたはもうスポーツの片棒をかついでいらっしゃるのに、お気がおつきにならないのね。だって一度もあなたは『もう楠に会うな』とは仰言《おっしゃ》らなかった。一ト言そう仰言ればあたくしだって楠さんにお目にかかったりしはしなくてよ。あたくし多分まだ子供らしいところがありすぎて、一人でお家にじっとしていられないせいだと思うの。……」

「楠にはもう会うのはおやめ」

「あたくしが云ったから、すぐそんなことを仰言るのね。でもあたくし、たとえただのお友達でも、こんな風にしていてはいけないことを知っていますの。子供は大人がいけないというお家へは行きはしませんの。大人がいけないと言わないので、いけないと知っていながら行ったりするものよ」

この甚だあどけない抗議は恒彦にも多少敏感な意図を帯びて伝わったので、彼もまた、いつかの告白をきいたときの陳腐な繰返しで、

「よし。もしあいつが君によからぬことを仕掛けたらとっちめてやろう。絶交どころか、もっとあいつにとって痛い懲罰もできる地位が僕にはあるんだ。……第一こんなことをきいただけで、もう友情という奴は冷え切ってしまったからね」

こう言っただけで、妻へのもっと立入った質問は差控えた。それというのが、もし妻が、楠を好きだと言いでもしたらと危惧したのである。

しかし危惧はむしろ郁子のほうにあった。

この晩の良人の返事は彼女に甚だしく不満足なものであった。その不満足からふと恒彦を買い被《かぶ》って、もはや彼が何事かを思いすごして、妻の心を取戻すことを諦らめてしまったのではあるまいかという危惧を郁子は抱いた。彼女を諦らめようとしている二人の男を思いえがくと、彼女は自分を世界中でいちばん不幸な女のように大袈裟《おおげさ》に想像した。郁子はそういう不幸な女の生涯を書いた鯨のように厖大《ぼうだい》なロシヤの小説を、翌日の午前、女中のように涙を流して読んだ。

十二

大阪からかえった楠が、目黒の観光ホテルから電話をかけてよこして、快活な声で郁子をホテルの中食に誘った。その声の朗らかさが彼女を半ば喜ばせ、半ば怒らせた。

「どうしてそんなところにいらっしゃるの?」

「大阪から大事なお客を連れて来たのでね。ゆうべは一緒に飲んで僕も泊っちまったんです。今日は客が用事で出たので、僕は夕方まで一人でぶらぶらしているものだから……」

この正直さが思わぬ効果をあげた。神経質になっている郁子は、彼が何か隠しているなと忖度《そんたく》した。大阪の客は女客かもしれなかった。

『これであの方の誠意のなさがはっきりすれば、今日ですっかり決着がつくわけだわ』

郁子は、諾の返事を返した。そして事こまかに彼との別離の場面を想像して、別れようと言い出す彼女の申出を、どんな顔をして彼が受けとるかと空想をめぐらした。こうも楽々と別離を空想できる自分に愕《おどろ》きながら、郁子はこうも楽々と彼に逢《あ》いにゆく自分には愕くことを忘れていた。

……郁子は廻転《かいてん》ドアを押して、午後一時の閑散なホテルのロビイへあらわれた。外套《がいとう》置場に外套と傘をあずけた。昼ごろから雪もよいの空に変ったのである。

「雪になりそうね」

「そうですね」

楠は正直に窓のほうをわざわざ見た。こんな間の抜けた反射作用は、普段の彼にはありうべからざることである。

運ばれたコンソメ・アンダルーズが壮《さか》んな湯気を立てた。扇型に立てられたナプキンを手にとって、二人は互にあらぬ方を見ながら膝《ひざ》にこれをひろげたが、忽《たちま》ち在り来りの社交的な会話をはじめた。

「ここ二週間、何をしていたの？」

「そうね、昔の学校友達のところへ遊びに行って、赤ん坊のお召し替えを手伝わされたり、……慈善事業のことで忙しかったり、……家にじっとしていたり、結局、何もしなかったようなものだわ。あたくしって、でも、結構退屈しないですごせることよ」

「僕が居なくっても、と言わないんですか」

「言ってほしければ、申上げてよ」

「よそう、言いそうだから……」

「自信のなさそうな、ありそうな仰言《おっしゃ》り方ね。でも退屈ぎらいの人は、生れつき、苦しむことがきらいなのね」

「男にはよくある病気だけど、女の人にはめずらしいな。大ていの女の人は、男を退屈させるために全能力をあげているように僕なんかには見えるから、あなたに会うまでは、退屈ぎらいは男の特性で、女の人はみんな退屈が大好物なんだと思っていましたよ」

会話はともすると通行人と自転車が不恰好《ぶかっこう》にぶつかり合うような狭い露地へまぎれ込むので、郁子と楠は、ポートランド煮の車海老《くるまえび》をひろうフォークを休めて、途方に暮れてしばらく黙ったりした。

白葡萄酒《ぶどう》のかすかな酩酊《めいてい》も手つだって、こんな調子なら別れることは易々たるものだと郁子には思われた。易々たる決心で、彼女は今日を限りに別れるつもりでここへ来ながら、このあまりに容易な見かけが、決心を鈍らせ、重たくさせ、はては回避させようとするのを容易に許した。

『こうしていると、まるでお義理の食卓にむかっているような気持がする。こんな無味乾燥な逢瀬《おうせ》を断念することなんか、何でもありはしない。断念しなくたって、大したことはありはしない。……』

郁子の心の動きには、苦痛に対して、それを職業的に操縦することもできる苦行僧の狡《ずる》さがあった。陶冶《とうや》されたその蹠《あしのうら》は、今踏んでいるものが火であると感じなかった。

食事がすむと、すぐ郁子は、かえると言い出した。本当はすこしでも永くここにいたいのだった。彼女は別れについてとうとう触れる機会を失った申訳に、その機会を失ったことの些末《さまつ》さを、自分に証拠立てる必要があった。

『別れを申出る機会があればいつでもできたということの証明は、すぐかえってしまうことがこれほど容易《たやす》いという事実で十分な筈《はず》だわ』

こう考えた。そして逃げ腰で、多少わざとらしい朗らかさをふりまきながら、彼女はかえると言った。滑稽《こっけい》なことは彼女がそういう我儘《わがまま》を、半ばは楠のためにする犠牲的な行為のように見せかけたことである。

楠はぽかんとこの郁子の我儘を眺めていた。ただの見物人の態度である。自分が今何をしようとしているのかわからない。五分後に自分が何を欲するかさえ、予測することがまったく出来ない。この無為無策が、楠にはふしぎと快い。……何気なく、送ってゆきかけるように立上った。そしてこう言った。

「僕の部屋でもうちょっと話して行かない？」

「御遠慮申上げるわ」

「どういう意味です」

「お客様がお泊りでしょう」

「出かけていますよ」

「それではなおさら空巣狙いはいたしません」

「変な言い方だな」

「御免あそばせ」

彼女は軽く頤《あご》を引いた。

このとき郁子を不意に疑惑が襲ったが、それはわざわざ郁子の帰りがけになって部屋へ誘った楠の魂胆が、どうせ郁子が警戒して行かないことを見越した上の、社交辞令ではないかと思われだしたのである。

彼女は振向いて笑いながらこう言った。

「やっぱりお部屋へうかがうわ。よくって？」

楠の目には一向に動揺がない。

「来てくださいと言ってるじゃありませんか」

「本当によろしいの」

「さあどうぞ検閲に来てください」

彼女の嫉妬《しっと》を察した楠の公明正大が、郁子の頬を赤くさせ、再び逡巡《しゅんじゅん》させた。しかし行きがかり上、又思い直して帰るわけには行かない。廊下づたいに同じ三階の三一二号室へ入って坐《すわ》ると、楠は彼女を安心させるために扉を薄目にあけておいた。

郁子は入口にちかいほうの椅子に掛けてあたりを見廻《みま》わした。何の変哲もない。楠の連れが女だという証拠がなくても、大きな男持ちの旅行鞄《かばん》が部屋の一隅に置いてあっても、さりとてはっきり男だという証拠もない。鏡台の上はきれいに片附けられ、香水瓶ひとつ見当らないが、洋服簞笥《だんす》をあけてみないことには、本当のことはわかったものではない。ホテルの一室というものは、本来、証拠物件をくらますような清潔さを身上《しんしょう》にしているものだ。

郁子はこんな月並な成行にくさくさした。この部屋へ入って来るなり、嘗《かつ》て何百回となくこの部屋で起り今後も起るであろう一連の成行が、彼女の目の前を卑俗な紙芝居の一景のように横切るのであった。われにもあらず郁子の動悸《どうき》は早まった。自分自身の動悸の早さに、彼女は気を悪くした。

窓外の雪ぐもりが、灯火をつけない室内を薄暮のようにみせた。観光客やバイヤーの泊り客が多いので煖房《だんぼう》にぬかりのないこの客室は、上衣を脱いで春の雪を眺めることもできる二つの窓硝子《まどガラス》を、水蒸気の粒で万遍なく曇らせていた。郁子には窓外の空や木立が見えないのが不安である。こんな窓を見ていると、まっ白に見えるのは水蒸気のせいではなくて、こちらの感覚が多少不健全な鋭敏さに曇っているせいで、そう見えるような気がするではないか。

楠はキュラソオを郁子のために注文して、自分はウィスキーの小壜《こびん》を鞄から出して来てグラスに注いだ。酒を運んで来たボオイが出てゆく。郁子はグラスに手をつけない。楠がふと腕時計を見て竜頭《りゅうず》を捲《ま》いた。

沈黙のなかでこの些細な音が郁子にひびいた。この不愉快な地虫の鳴音《なきね》のような、身にしみ入るようなこの孤独な顫音《せんおん》が、彼女を戦慄《せんりつ》させ、理由もない涙を目のふちに湛《たた》えさせた。時計のネジを捲く音で泣く女がいるものかと思われようが、こんな状態の女を泣かすには、ラジオの政談演説でも浪花《なにわ》節のレコードでも十分な場合が屢々《しばしば》ある。

楠は椅子から立上った郁子の目に涙がうかんでいるのを見て、その愛らしさに彼女を抱きかかった。あたくしかえるの、あたくしもうかえるの、とすこし皺枯《しわが》れた声で郁子が言った。そして彼の胸のまんなかへ、刺さった投槍《なげやり》のようにその腕を突き立てていた。

気のきくともきかないとも云えない少年のボオイは、薄く形式的にあけてあったドアを堅固に閉ざして去ったのだった。楠はちらと鍵《かぎ》のことを考えた。しかしこの場合、そこまで行って鍵をかけて帰って来るあいだに、相手が郁子では、思わぬ齟《そ》齬《ご》も生れそうに思われる。事実この部屋へ入って来るときは、彼は大人しく郁子をかえしてやるつもりで、彼女の心証をよくするためにドアを閉めずにおいたのであった。ところが今の彼は変っていた。こんな無計画性は、楠にも似合わないことである。結局郁子のような人工的な厄介千万な女が、男たちを惹《ひ》きつけるのは、そういう女こそ最後の土壇場で、男が野獣になる権利を与えてくれるからで、これをもっと正確に言うならば、男が万策尽きて獣にならざるをえぬ場所まで彼を追いつめてくれるからである。そういう助力なしには男性が本当の獣になれない憐《あわ》れな時代には、郁子は見かけだけははるかに肉感的な女よりも、ずっと珍重されてよい理由があった。

楠の巧者な接吻《せっぷん》は、やわらかで温かい緩慢な竜巻のようである。それは渦巻き、吸いあげ、惑乱させる。……郁子の無抵抗が却《かえ》って彼を気味わるがらせた。彼女は楠の腕のなかで、たった今死んでしまった女のように見えた。

抱きしめられながら、顔や項《うなじ》のいたるところに火の粉のようにふりかかる接吻を感じながら、彼の雨後の若葉のような髪油の匂いをかぎながら、その猟犬のような息づかいをききながら、郁子は目をつぶって、まるで黒板の前に立たされた生徒のように、声にこそ出さね、心に諳誦《あんしよう》した。

『これも同じだ。この接吻ももう知っている。……これも知っている。既知の私には罪がないのだ。私が既知の私であるあいだは、まだ罪を犯してなぞいはしないのだ。……』

郁子は丁度夜の街路を無数の自動車の前灯がかわるがわる照らしてすぎるような、無数の観念の連鎖を心に感じていた。楠への愛、彼の郁子への愛、この模糊《もこ》たるもの、この霧のようなものの只中《ただなか》へ、今行われようとしている一つの行為が、機関車のように霧の中から姿をあらわし、おかまいなしに何もかも蹂躙《じゆうりん》して、どこへともしらず驀進《ばくしん》してゆく。あとに残された人間は、あとに残された愛はどうすればよいのか。

彼女ははじめて楠に会った晩、あの客間で自分が立てた心おきない無邪気な笑い声を思い出した。それから草野井家での舞踏会や、河口湖での小さな挿話や、さまざまなことを思い出した。楠が自分を愛しており、自分が楠を愛していることは疑いようのないことである。そしてそれを妨げる貞淑さというものも、今の彼女には何だか贋札《にせさつ》のようなあやしげな存在なのである。

……しかも逃げなければならない。是が非でも拒みとおさなければならない。良人《おっと》のために？　いいえ、それはちがう、と郁子は考えた。それはただ単に、彼女の固疾のような怠惰な習性であって、日向《ひなた》ぼっこをしている怠けものが、その日向から動くまいためには、目前の川に落ちて溺《おぼ》れかけている人を、助けようともしない心理に似ていた。この世でわれわれが絶対的な価値を与えているものは、大それた大義名分や理想よりも、こんな一米《メートル》平方の日向にすぎないことが多いので、こういうものの病的な固執は、おおかたの人間的義務をも怠らせる場合がある。

『良人のために？　いいえ、それはちがう』

と郁子は考えた。

『私のために、だ。私はただ、そんなことをされるのがきらいなのだ』

――郁子がきらいなのは、罪なのか、快楽なのか。そんな立ち入った詮索《せんさく》は、この場合、甚だ無用のことに思われる。

扉のノックに二人は身を離した。

折も折、郁子が最後の、思いがけない抵抗をはじめたところで、堅固な智恵の輪のように組み合わされたこの両脚、このナイロンの靴下をとおして青い白墨で描いたような静脈のうかがわれる美しい両脚は、楠を手こずらせ、汗をかかせた。彼はまるで医師のような専門的な身振を余儀なくされ、しかもどんなやさしい暴力をも不当と思わせる気高い半眼の美しさに、我を忘れて戦いを放棄しようと思う幾瞬間に悩まされた。こういう焦躁《しょうそう》は、しかしもう一息で破られそうに思われる。二人ともそれを予感している。その瞬間に、扉がノックされるのを二人は聞いたのである。

『これはまずい！　客が帰って来たんだ。夜までかえらぬ筈《はず》の客が帰って来たんだ。この大阪の紳商は大事な顧客だ。こんなていたらくを見られたら只では済まない』

楠が郁子を見つめた迸《ほとばし》るような眼差《まなざし》がこう言っていた。その力づよい視線には同時に言わん方ない痛恨があふれていたので、これを見た郁子は、ほとんど頭を垂れて彼に詫《わ》びたいとさえ思うのであった。

烈《はげ》しく身を離して身づくろいする楠を、今度は郁子が手をのばして引止める番だった。

「どこへいらっしゃるの？　あたくしをこのままにして」

抑えつけた熱っぽい低声《こごえ》で郁子が言う。

「大阪のお客さんなんだ。きっとそうなんだ」

「ちがうのよ。そうじゃないことよ」

この素速い応対の間にもノックがあった。

「どうしてわかるの。安心して僕にお任せなさい」

「ちがうのよ。あたくしが呼鈴を鳴らしましたの」

楠は事の意外に蒼《あお》ざめた頬をゆがめて詰問した。

「あなたが……」

「お怒りにならないで！　仕方がなかったの。お気がつかない間にその呼鈴を押しましたの。ボオイだわ」――彼女が冷静に命令する調子は、ほとんど楠には空恐ろしかったので、彼はまず彼女の云うなりに動こうと決心した。郁子はこんな風に命令したのである。

「ボオイをこの部屋へどうかお入れにならないで。ドアのそとで、コオヒイか何かをおいいつけになって頂戴《ちょうだい》。その間に、あたくし身仕度をしてしまいますわ」

ドアのそとで待っていたボオイは、コオヒイをいいつける客の権幕におどろかされた。楠が室内へかえるとすでに郁子は、寝台《ねだい》に腰かけて、ピンが外れて落ちかかって来る髪を掻《か》き上げながら、華奢《きゃしゃ》な靴を穿《は》きかけている。

楠は窓の湯気を平手で乱暴に拭《ぬぐ》いながら、こう言った。事務的な口調である。

「あなたには負けましたよ」

郁子はふと顔をあげて少し済まなそうな微笑をうかべたが、悪戯《いたずら》がばれた少女のようなこのあどけない微笑は大そう愛らしく、それを見ると楠は、大きな明るい莫《ば》迦《か》々《ば》々《か》しい風船をふくらまして、それが破裂してしまったあとのような徒労を感じた。

十三

すでに昭和廿《にじゆう》三年十二月に発表された経済安定九原則が各方面にさまざまな影響を及ぼしているうちで、廿四年の春ごろから「金詰り」という言葉が一般的になった。もともとインフレーションを退治る過程に、安定恐慌という縁起のよさそうな悪そうな名前の病気の流行の気配が仄見《ほのみ》えていたが、三月七日にドッジ公使の声明があってからは、金融引締めは金魚鉢の水を涸《こ》渇《かつ》させるにいたったので、多くの金魚が苦しげに口をぱくぱくさせて悶《もん》絶《ぜつ》する破目に陥った。

楠の合成樹脂会社は販路が多方面なためにまだまだ有望であった。競争相手の業者は多いが、出足が早かったために、種々な製品の特許権が会社のものになっている。その上、村松恒彦が格別な金融上の恩恵を与えてくれている。それなしにはもうそろそろ世間一般の金融上の困難にぶつかってよい時期である。

岸田銀行日本橋支店の貸付係長という肩書をもつ恒彦は、このごろはまるで一国一城の主《あるじ》という顔をするようになった。精神病医のように他人の愚痴やら告白やら懺悔《ざんげ》やらを耳にたこができるほど聞かねばならず、異端裁判所検事のように容赦のない糺問《きゅうもん》ができねばならず、その上、真白なカラアやカフスに相応した上品な御愛想笑いもなしにはすませられないこの地位は、徐々に恒彦を、初対面の人は職業を当てるすべもないほどの不思議な合成的な人格につくりかえたが、そこへもってきて家庭的な心痛が加わったので、申し分のない憂愁を帯びたその外観には、胃弱に悩んでいる王様と謂《い》ったような貫禄《かんろく》が備わった。

もともと市中銀行では、一定の金額以下の融資は貸付係長の自由査定に委《ゆだ》ねられており、事後承諾の形で支店長へ報告書を出せばよいので、楠がたよっていた恒彦の友情は、この範囲ではまことに合法的な、いわば「公けの友情」と謂ってもよい莫迦に公明正大なものであった。

楠は恒彦がこの公明正大な友情で自分に恩を着せるしみったれた遣口《やりくち》に不服をもっていた。当節はどこの銀行でも公然の秘密である浮貸を恒彦がしてさえくれれば、こちらも助かり、恒彦も潤う筈だ。ところが恒彦は悪事に対してプラトニックな関係しか結ぶことのできない安全な人種に属していた。悪事と関係して技巧の稚《おさ》なさで恥をかくより、社会道徳という物しらずの老嬢と同棲《どうせい》しているほうが気楽なのである。

例のホテルのことがあって四五日のち、楠は恒彦から電話をもらって、日本橋の銀行へ出向いた。

楠はいつものように公衆電話のボックスめいて並んでいる窄《せま》い応接室の一つで恒彦を待った。普段はそう永く待たせる恒彦ではない。ところが今日に限ってなかなか現われない。日の当らない石造りの内部は底冷えがするので、楠は手袋をはめて煙草を吸った。昼の電灯を映して光っているリノリュームの床《ゆか》の凹凸が、いかにも寒々として、ひびわれた皮膚のように眺められる。楠は何かしら不快な予感がした。

しかし恒彦が気軽に忙《せわ》しそうに入ってくる姿はいつもと少しも変りがないので、楠も手袋を学生みたいに快活にむしり取りながら、「やあ」と言った。ひどく多忙な人間によくあるように、恒彦には自分の膝《ひざ》のあたりの空間を、いらいらと眺めまわす癖がいつのまにかついていた。真黒な大きな帳簿を抱えているので、彼のこうした様子は、何か落着かない受験生を思わせた。彼は性急に口を切った。

「早速だけどね。君の会社へは融資は取止めだ。僕がきいていた資産内容とも喰《く》い違いがあるようだし、今度会社側の資料をあつめてみると、いちいち僕の資料とちがうので、まるで僕がずるいことをしているように思われてしまう。君は友達に嘘をつくのが趣味なのだろうから仕方がないが、僕を陥れるような真似はやめてくれたまえ」

「おかしいな、君に嘘をついたおぼえはない」と楠が遮《さえぎ》った。「資産内容の報告だって、流動資産は評価の方法によってずいぶんちがって来るさ。第一そんなあいまいな理由で早速融資取止めというのはおかしいと思うがな」

恒彦はこれをきくとすっかり感情的になって額に青筋を立てた。

「君のいうことをきいていると、どちらが貸主だかわかりはしない。僕は何も君に献上物を奉るように融資し奉る義務はないんだ。そんな鷹揚《おうよう》ぶった殿様口調はよしにしたまえ。そのでんでやってみたまえ、今時はいと貸してくれる銀行はどこにもあるまいよ。僕だって今まで何度君のその先輩の忠告みたいな尤《もっと》もらしい口ぶりに、いらいらしながら我慢して来たかわかりはしないんだ」

踏みつぶされたパイのように、この『我慢』という言葉からは、計らずも内心の意味が迸り出たので、楠はなるほどと思った。原因は郁子のことに違いない。郁子は、はっきりと疑われたのであろうか、それともまた、あの世にもふしぎな無良心の女は、良人《おっと》のもとへかえると今度は良人を苦しめるという目的だけのために、楠との恋の顚末《てんまつ》を針小棒大に語ったのであろうか。

何事につけても虫のよい要求を羞《はず》かしがらない高貴《ノオブル》な天分が楠にはあって、（恒彦との唯一の共通点は実はこれなのだ）、今の楠は恋の傷手を同情されこそすれ、それを種に責められる謂《いわ》れはないと考えた。そこで少しもひるまずに抗議した。恒彦は黙っていた。紳士のたしなみに外れまいとする殊勝な覚悟で、彼は人間的な感情をのこらず閉め出して鍵をかけてしまったような表情をしていた。ただ一つ人間らしい拠《よ》り所《どころ》はというと、妻が結局愛しているのは良人たる自分のほかにはないという己惚《うぬぼ》れである。彼はなるほど郁子のスポーツに加担した。そのとき幾度《いくたび》か、郁子をそれほど愛して報いられない楠に、感謝ともつかない冷酷な厚意を感じたことがなかったとはいえない。今だとて恒彦は、事件そのものからは依然妻を疑わず、ただ、楠が自分に言葉を返す厚かましさに怒っているだけである。彼の役割は、子供の喧嘩《けんか》に必ず助太刀に出る子煩悩な親のように、出るべき時に出てゆく「良人」という重宝な存在にすぎなかった。楠の友人としての立場なんかはまるで忘れており、機密書類を頭取室へまわすときのあの真白な固い大判の封筒のような役割を担っているにすぎなかったのである。――彼は封筒のような四角四面な口調で楠をさえぎった。

「簡単なことなんだ。君に絶交を申渡しているだけなんだよ。今後は一切附合をお断りしようと思って、仕事のほうでも縁を切ろうというわけだ。理由は云わないでも、君のほうで十分御承知のことと思うから……」

奇妙なことだが、恒彦はこの間の事件については大して怒っていなかった。彼はこういうことに良人が怒りたくなる心理について、却《かえ》って了解不能のいかがわしさを感じるのである。とはいうものの、かつて郁子が惧《おそ》れたのと同じ惧れ、たとえ事実上の姦通《かんつう》が起っても大した感情の波立ちがなしに済みそうだという惧れのほうが、彼にはこわかった。良人の感情のはしばしにいたるまで、甘ったるい安心感を行きわたらせた郁子の功績は、植民地に阿片《アヘン》を輸入して住民を無気力たらしめた、あの古い植民地政策を思わせるではないか。

恒彦はこれだけ言ってしまうと、肩の荷を下ろした面持で煙草入れをとりだした。楠にもすすめた。楠は容易に手を出さない。すると恒彦は少し道化《おど》けた表情をして楠の顔をのぞいた。何だい、本気にしているのかい、子供だなあ、と言わんばかりの表情である。彼はまんざら照れかくしからそんな表情をしたのではない。恋愛問題をものの見事にビジネスの問題と結びつけて解決してしまったのが得意であったが、あいにくその場に見物人がいなかったので、目前の敵をかりに見物人扱いをしたまでである。

楠はしかし彼の顔を見なかった。そこで和解の機会が失われた。

別れぎわに恒彦が西洋封筒を渡してこう言った。

「家内から君への手紙だよ」

さわってみると薄い便箋《びんせん》が一枚入っている。

楠は銀行の階段を下りて、一階のコの字形の長い窓口にひしめく人ごみをわけた。古着屋の大礼服のようなものを着た守衛がドアをあけてくれる。戸外は室内と打ってかわった明るい春の雑踏で、銀行の前にはセイラア服の花売娘が二人立っていた。駐車場のほうへ歩いてゆくあいだ、ものの五十歩とないそのあいだに、彼は雑踏に揉《も》まれながら、手紙の封を切り、その全文をよむだけのことができた。

「この間はお別れを申上げにまいりましたのが、とうとう申上げられずにかえりましたので、又お目にかかるのもいかがかと存じ、手紙に書いて良人がお渡しするようにたのみました。くさぐさの無躾《ぶしつけ》をおゆるし下さいませ。このあいだのことも良人に話しました。良人が何かうかがいましたら、ありのままに仰言《おつしや》って下さいませ。ではお体お大事に。ごきげんよう」

自分の車の前をとおりすぎてゆく楠を、運転手が大声で呼びとめた。

十四

恒彦夫婦がこのごろ馬鹿に仲が良くて朗らかなので、村松家の何とはなしに鬱陶《うっとう》しかった数ヶ月の空気は、今では嘘のように思われた。郁子は再び大きな声で笑うようになった。その声が二階の沢田の耳にまで響いた。

郁子は日曜の午前を良人と一緒に庭へ出ていて、白い大まかな花々を梢《こずえ》につけた木蓮《もくれん》の木の下で、良人の背中に毛虫がついていると突然言い出した。恒彦は大の毛虫ぎらいである。

「ほら、……ほら、大きいのよ。首のところへ這《は》ってゆくわよ。今ちょうどジャケツの襟のところを歩いていることよ」

「よせやい、馬鹿らしい。もう毛虫が出やがったかな。早くとっておくれ」

「いやあよ。手でなんかつかめやしないわ。御自分でおとりあそばせよ」

「おい。冗談はよしてくれ。早くとってくれよ」

「お待ちになってね。花紙はないかしら？」

郁子は真顔を装って、カーディガンの寛闊《かんかつ》なポケットを探った。生憎《あいにく》恒彦のズボンのポケットにも見当らなかった花紙をとりに、彼女は草履を敷石の上に乱雑に脱ぎすてて、家の中へ駈《か》けて入った。

興味ありげに沢田は二階から眺めている。畳廊下を横断してうつぶせに寝ころんだていたらくで、芝草が緑を増した庭の情景を、欄干のいちばん下の隙間《すきま》から、偵察しているのである。うららかな日曜日は日ごろうす暗い石室《いしむろ》の中で執務している銀行員には、勿体《もったい》ないほどのものに思われ、まるで公金のような豊富な盛沢山な日光は、私《わたくし》しては、申訳ないようにさえ思われる。

しかしどう瞳《ひとみ》を凝らしてみても、沢田の目には毛虫が見えない。恒彦は自分の手でさわってみるのがおそろしさに、しきりに背中を揺《ゆす》ぶったり、首をうしろへねじ向けたりしている。

間もなく郁子が四五枚重ねた花紙を持ってかえってきて、おそるおそる良人の背中から彼女の所謂《いわゆる》毛虫をつまみあげた。

「ほら、ごらんあそばせ」

郁子はゆっくり紙を展《ひら》いた。

「まあ」と大声で言った。「逃げてしまったことよ。影も形もないわ」

やっとのことでこの念入りな悪戯《いたずら》に気のついた恒彦が、

「こら」

と怒鳴った。郁子が笑う。追っかけっこがはじまる。郁子がますます笑う。沢田は今まで肱《ひじ》にあてていた折った座蒲団《ざぶとん》の上へ、腕を横たえて仰向けになった。郁子の逃げまわっている笑い声は、まだしばらく続いた。

この大そう牧歌的な挿話は沢田に何の感想も齎《もた》らさなかったが、いくら何でも恒彦は気がついていて妻の子供らしい悪戯に乗せられたふりをしたのだろうという推測は、むしろ社会人としての恒彦に対する信頼感に懸っている問題だから、この程度の推測は沢田にもできただろうに、彼は単純な怠け半分の判断によって、『郁子さんって、本当に旦那《だんな》様思いだな』としか考えなかった。沢田のような謙遜《けんそん》な男は、自分の目に見えなかったからと云って、毛虫がはじめから居なかったとは容易に信じることができないのである。

もしかすると、毛虫はいたのかもしれなかった。そうでなければ、苟《かりそ》めにも良人たるものはあれほど真剣に、背中をゆすぶったりはせぬものだ。

邪魔にされながら何とはなしに頼りにされていたようなここ数ヶ月の中途半端な役割を解かれ、またもとの如き第三者の役割に沢田が還《かえ》ったことのよい証拠に、午後、夫婦は手をつないで、沢田に誘いの言葉ひとつ懸けるでもなくどこかへ出かけて行った。そこで沢田は際限もない昼寝をする。のぶが夕食をしらせに来て彼を起した。

心安だてにのぶの家族と一緒にとられたこの日の晩餐《ばんさん》には、のぶ、沢田、貿易庁三級事務官ののぶの長男、郁子より二つ年下の娘の四人の前に、もしかすると主人側の食卓よりも皿数だけは多そうな煩雑な御馳走《ごちそう》が並んだが、沢田が早速毛虫の挿話をみんなに披露した。

「へえ、まあ、旦那様がねえ」

たまたまあのとき厨房《ちゅうぼう》にいて居合わせなかったのぶは、この話題に甚だ打興じた。

「お幼《ちい》さいときから毛虫のおきらいな旦那様に何というお悪戯《いた》をなさるんでしょうね」

既にのぶは毛虫がいたものと信じていた。これは恒彦が村松家でなおいかに信用を保っているかという例証にもなるし、噂というものが却って目に見えない真実に近づくいい例証でもある。

沢田は奢《おご》られたビールにすっかり気をよくしてのぶをなかなかの美人だとほめたので、気をわるくした娘があとで兄に云うのだった。

「沢田さんてよほど目が変ね。こんな季節外れに毛虫を見たなんて、お母さんが美人に見えるわけだわ」

このごろ郁子が立てる朗らかすぎる笑い声は、時々、どういうものか、恒彦をひやりとさせた。その明朗な高笑いは、彼に不安を感じさせ、場合によっては、説明のつかない後めたさを感じさせた。彼は法事の席上で妻が不謹慎な笑い声を立てるのを聴くような気がした。

その笑いには妻も一緒に負うべき良人の精神上の負担をばするりと巧みにすり抜けてゆくような響きが感じられ、良心の傷を良人一人に託《かず》けて安心しているばかりか、時には良人のなかに不当に多大の道徳的な疾《や》ましさを目ざめさせる惧《おそ》れがあった。

『郁子ってどういうのだろう』と恒彦は考えた。『俺にちっとも凭《よ》りかかってくれないので不安になって、その原因を治療してやると、今度は俺に凭りかかりすぎて、まるで歩きにくくさせてしまうんだもの』

持ち前の弱気から、彼は楠に詫《わ》び状を書こうかと何度も考えた。ところが妻の翳《かげ》ひとつない朗らかさと信頼を見ると、又ぞろそんな詫び状で楠との交遊を復活することは、妻の幸福を傷つける仕業のように思われて、出来かねた。

郁子はその日曜日を良人と芝の美術倶楽部《クラブ》へ妹の露子の長唄《ながうた》の温習会を聴きにゆき、かえりに銀座へ出て軽い食事を済ませ、アメリカ物の喜劇映画を見て帰宅した。何の変哲もない日曜日である。しかしながら、何の変哲もないことがふしぎと新鮮な日曜日である。

美術倶楽部は義理の見物のようなもので、二人は露子がはじめてタテを弾く「若菜摘」を聴きおわると、大広間の会場の舞台裏に当る広い楽屋に妹を訪れた。楽屋という概念とは凡《およ》そかけはなれた五十畳敷ほどの広間の隅々に、縦横に立てめぐらされた金屏風《びょうぶ》のなかが、そこだけ独立した部屋のようになっており、鏡台が置かれ、緋毛氈《ひもうせん》の上に座蒲団が置かれている。露子は大ぜいの社交的な賞讃《しょうさん》に取り囲まれて、動きもやらぬ風情で坐《すわ》っていた。金屏風のなかへ入って行った郁子は、露子の途方に暮れたような表情が仕方なしにたえずうかべている微笑のうちに、何かしら淋《さび》しげなものをすぐさま発見したが、それで思い合わされることは、今日のお義理の見物の中には、あのジャズレコード蒐集家《しゅうしゅうか》の許婚《いいなずけ》の顔が見られなかったことである。

郁子は月並なお世辞をいうのも気がさして良人と並んで金屏風に身を倚《よ》せて坐った。今まで毛氈の緋を映していた金屏風は、郁子のブルウのウール地を反映して、青みがかった金泥の憂愁をあらわした。すぐ傍らでは次の「紀文大尽」に出る夫人が三味線を調べている。調べてはまた一心に難所を復習《さら》っている。すこしざわめきの治まったところで、郁子は妹の前へ行って「おめでとう」と言った。

「どう、よく出来て？　あたくし上っちゃって、何を弾いていたかおぼえていないくらいよ」と露子はすこし疲れの漂った声で言った。「あ、お菓子がたべたい。出の前は我慢してたべなかったの。今はまた今で、たべる暇なんかなかったでしょう。お姉さま、一つとって下さらない？」

「どうれ？」

　露子の御披露目の小さな菓子箱が山と積まれていた。郁子は言われるとおりに、その一箱をとって、水引を外し、「若菜摘」と書いて花筐《はながたみ》と若菜をえがいた覆い紙を外した。露子は懐ろから小菊をとり出して、蒸菓子を一つこれに載せた。むこうの屛風のなかでは鼓を調べる音が間遠にきこえる。恒彦はこういう雰囲気が珍らしかったので、好奇心を露骨に示した目であたりを見廻《みまわ》した。久しく遠ざかっている俳句の感興《よ》がまた誘《おび》き出されるように思われたが、恰好《かっこう》な季題が見つからないので、それは止した。

「何だか郁兵衛《いくべえ》のお顔を見ていると、去年のクリスマスのことを思い出すわ」

と露子が言ったので、この思い出に囚《とら》われぬために、郁子はあわててこう言い添えた。

「あれから何度も会ったのにね」

「郁兵衛は、でも、今日はとてもお元気そうね。露子、痩《や》せたでしょう」

「そうね。ちょっとね。お稽古《けいこ》であんまりしぼられたからでしょう」

「ううん」――露子は真顔になって首を振りながら、恒彦がこちらを向いていない機会をすばやく見てとって、すこし険のある調子で郁子にこう言ったが、詰《なじ》るような口調は岸田家の姉妹が激して物を言うときの遺伝的な口調である。

「ちがうのよ。あたくし郁兵衛なんか夢にも御存知ない苦労をしたんだから。露子の苦労なんか、郁兵衛みたいな幸福な御夫婦は一生知らないですむことなんだから」

この『幸福』という言葉が郁子の自尊心を大そう傷つけた。おかげで彼女は妹に対する同情をすっかり失くしてしまい、自分の我儘《わがまま》は棚に上げて、何もかも露子の我儘の自業自得だと考えた。自分がもし人から我儘を以《もっ》て誹《そし》られたら、郁子はどんなに驚いたことだろう。勝手放題の振舞をしておいて、それがやっている御当人に我儘からとは夢にも思わせないのが、貞淑の得なところである。

露子の師匠のところへ挨拶《あいさつ》に行っていた母親の岸田夫人が帰って来て、聟《むこ》の恒彦を見出《みい》だして、早速長話をはじめた。すんなりした三人の娘に似合わず、夫人は真白に塗った白粉《おしろい》が尚《なお》のこと肥《ふと》り肉《じし》を目立たせている雄偉な体格である。

「宅はきょうはゴルフなのよ。このごろじゃ、キャディーにやるチップまで一々お腹《なか》の中で勘定するようなしみったれたお爺さんだわ。照子はまた照子で、ダブルの背広を着た子供たちとダンスへ出掛けたわ。露子の三味線、きいて下すった？　すこしは腕が上ったでしょう。ええ、あたくしの御仕込ですもの。あの子は筋がいいけれど、ちょっとばかしデカダンでね。このごろなんか許婚に振られてお酒ばかし飲んでいるのよ。タンゴだのマンハッタンだのというコクテルの調合を知っていて、ときどきあたくしにも飲ましてくれるわ。家にいると、とてもあんな、おちょぼ口で懐紙にとったお菓子をたべているような恰好は見られやしないわ。あなた、まるでパンパンみたいに、チューインガムを嚙《か》みながら、横っ坐りに長椅子に坐って、真赤な爪で三味線の爪弾《つまび》きをするんですよ。その上、あたくし知っているんだけれど、あの子はハンドバッグの中にいつも青酸加里を持ちあるいているのよ。どうせ呑《の》む勇気なんかありはしないから、放《ほ》置ってありますけどね」

「だって無茶じゃありませんか、そんな」

「遺伝なのよ。岸田のお先考《とう》さまという方《かた》は、事業不振になるたんびにピストルをこめかみのそばまで持って来て、結局引金を引くのはおやめになった方よ。尤《もっと》も震災のあとで新社屋が建った落成祝のときに、余興の印度《インド》人の手妻使いにそのピストルを貸しておやりになって、舞台で贋物《にせもの》のピストルとすりかえられて返されたことに、半年あとで気がおつきになったそうよ」

恒彦はいつもながらの彼女の饒舌《じょうぜつ》に閉口していたが、就中《なかんずく》困ることは、彼女の論理が恒彦の論理と次元を異にしていることで、この論理に調子を合わせて行動していたら、恒彦はとっくの昔に破廉恥罪でも犯して馘《くび》になっている筈《はず》だった。彼は毒薬だのピストルだのという物騒な言葉を、ひとまず、頭痛薬だの紙切ナイフなどという無難な言葉に飜訳《ほんやく》して聞いてみるのだった。するとはじめて辻褄《つじつま》も合い、彼にも納得が行った。

これに比べると、久々に会った母と郁子との会話は甚だあっさりしており、「どう、元気?」「ええ、元気よ」という程度のものであった。さっきからの母と恒彦との会話の一斑《いっぱん》は、露子の耳にも洩《も》れきこえていたが、それを双方で何とも思っていないところが、この親子の妙味であろう。

拍手が鳴り響いて紀文大尽がはじまった。露子も入れた四人は連れ立って客席へ還《かえ》った。この華やかな一曲のあとで、何か馬鹿らしい寓意《ぐうい》的な新曲がはじまり、間《あい》の手《て》にヴァイオリンのような手が織り込まれていたりするので、郁子はおしまいまで聴かずに、良人を促して美術倶楽部を出た。

夜は夜で、人を喰《く》った喜劇映画に、久々に夫妻は涙の出るほど笑った。そこを出てから、近くの、看板になるのが遅い喫茶店でお茶を喫《の》む。郁子が一口飲んで、さて、あらぬ方《かた》を見て思い出し笑いをした。

恒彦はこれに調子を合わせて笑いながら言った。

「まったく人を喰った活動だね。それにあの父親になった役者の巧《うま》さね。西洋ものはとにかく脇役が揃っているからね」

郁子は笑い止んだ。なるほど彼女が笑ったのは、その映画の秀逸な場面の思い出し笑いに相違なかった。それというのに、それをそのまま正直に受けとって疑わない良人の曲のなさは、彼女をして今しがたの思い出し笑いを、ただそれだけのものではなかったと無理にも考えたくさせる何かがあった。

十五

今ではこの世で恒彦と郁子の平安をおびやかすものは何一つ存在しないように思われた。恒彦は毎朝沢田と連れ立って几帳面《きちようめん》に出勤し、郁子は朗らかにこれを見送った。日毎の留守番も彼女は一向退屈せずにやってのけたし、また退屈しない理由を自分に訊《たず》ねてみることもしなかった。退屈しないのも尤もだった。餌を嗅《か》ぎあてる猫のような抜け目のなさで、彼女は自分が退屈しないための無数のこまごました用事を思い出し、それを自分に振当てて忙しがっていた。思い出してみればいくらでも出て来るのが家事という仕事のふしぎなところである。郁子は庭に水を撒《ま》くための水道管の故障を思い出し、(尤もこの仕事は沢田の領分だったが)、恒彦がしばらく穿《は》かないでいる靴の修理が必要であったことを思い出し、壊れた洋傘を思い出し、冬の衣類をそろそろ納戸の奥へ移し夏の衣類を居間の箪笥《たんす》へ移す大仕事を思い出し、恒彦が自分で整理して二階の廊下の隅へ積み上げた不要の書物を処分すべきことを思い出し、舶来の洋服地の見本をもってくることを仕立屋に催促する必要を思い出し、ピアノの調律師をそろそろ呼ぶべきことを思い出した。

「忙しいわ。どうしてこう忙しいんでしょう」

彼女は自《みずか》ら無意識に課したこの多忙を、自分でふしぎがっていた。のみならず家計簿の計算にさえ興味をもちはじめ、一方、火曜日の表千家の茶道の稽古には欠かさず通った。紫の袱紗《ふくさ》を許されることが近頃の彼女の可憐《かれん》な希望になった。津川夫人の慈善団体の用事も一週一遍の例会に彼女の出席を慫慂《しょうよう》した。

何かの加減で、そういう郁子にも、何も用事のない空白な時間がある。思い出そうとする用事を思い出さないでじれている人のように、彼女は何かが心に懸っているることに気がついて愕《おどろ》くのだが、まさかに自分が何かを待っている筈はないと思い返す。思い返しながら、郁子はわれしらず、部屋々々の奥へ耳を澄ましていることがある。……

彼女は電話のベルが鳴るたびに戦《おのの》くのであった。

『本当に私って変だ。もう私の待っている電話なんかありはしないのに』

と郁子は思った。

恒彦は彼なりに悩んだここ数ヶ月の思い出を、丁度或《あ》る政党が天下をとったのちに、好都合な史実だけを列挙した政治史を編ませるように、一定の安穏無事な主題の下に統一して、編纂《へんさん》してみるのだった。その結果彼は北叟笑《ほくそえ》んで甚だ満足したが、こうした満足は恒彦にとって予定調和のようなもので、どんな時でも自分の満足に資するだけの花蜜《はなみつ》を何とかして蒐集《しゅうしゅう》してしまう蜜蜂のような本能が彼にはあった。こういう男に帳簿を預けておくことのできる銀行は倖《しあわ》せである。

『郁子はスポーツを楽しんだにすぎないんだ。俺はそれに加担した。そうして見事な勝利を博した。このスポーツは俺にとっても多少の享楽でなかったとはいえないことは、今になってみれば、あのスリル、瞬間的な切実さ、何か果敢《はか》なさを餌に俄《にわ》かに値打を増したかに思える情慾《じょうよく》、スポーツの中でだけ純粋でありうる真面目であることの歓《よろこ》び、その歓びが与える一種パセティックな愉《たの》しさ、……そういうものを郁子と共に残る隈《くま》なく経験したことで推し測られる。友情？　そんなものはあちらから破って来たんだ。それに今さら良心の痛みを感じないでもない俺のお人好《よ》しを治療するには、あれほどまでに楠を苦しめた郁子の美しさを傍らに見ることだけで十分な筈だ』

　こんな反省を見れば恒彦が決して愚かな良人《おっと》でないことは一目瞭然《りょうぜん》だったが、良人の愚かさの目安はもっと外のところにあるので、安心している良人という人種がそれである。故意に安心に陥るまいという心の仕掛を維持するには、多少悲観的な人の悪さが要るのだが、敬意と善意とを混同して暮している恒彦のような男には、これははじめから無理な註文《ちゅうもん》である。

共に戦った戦友の病気がうつるように、恒彦もまた、妻のあの精神上の抜きがたい怠惰に感染したのかもしれなかった。郁子の朗らかさが、半ば夢心地に似た日々の安寧が、彼の任務を怠らせた。楠との接吻《せっぷん》のあくる日に、それと知らずに郁子に贈物をした彼が、はっきり郁子が自分の手許《てもと》に還った今日となっては、手袋ひとつ買ってやろうと言い出さなかった。別段吝嗇《けち》になったというわけではない。何となくそんな気にならなかったまでである。

郁子は郁子で、自分から物ねだりをすることをついぞ知らない女だった。この高貴《ノオブル》な性格の別の結果として、良人が自分にものを呉《く》れたり呉れなかったりする微妙な変化に、甚だ鈍感に反応した。彼女は寂しさなんぞは感じなかった。

或る日二人で西銀座を歩いていて、ふと新型の帽子に心を惹《ひ》かれた郁子は、街角の飾窓の前に立止った。

恒彦が先に行きかけて、また引返して、おぼろげに顔の映るその飾窓の前でネクタイを直した。

「洒落《しゃれ》た帽子ね」

と郁子が言った。恒彦はせわしげな一瞥《いちべつ》を帽子の上に走らすと、また街路へ目を移して、

「そうだね」

と上の空で言った。そこで郁子も飾窓の傍らを離れた。

それから二人は店の入口に八釜《やかま》しく鳴き立てる鵞鳥《がちよう》を飼っているシェゼェルというカフェでショコラを飲んだ。郁子はレエスの手袋を頬におしあてて、わずかの間、ぼんやりしていた。帽子のことを考えていたのである。

強《た》って欲しいというのではない。ねだれば二つ返事で買ってくれそうにも思われる。それに郁子は物欲には恬淡《てんたん》な女である。

『もしおねだりをして万一はねつけられたら、それが怖い。やっぱり黙っていよう』

彼女は他人行儀な結論を下した。これをもっと正確に言うと、郁子は自分の大して欲しくもないもののために良人を試す結果になるのがいやだったのである。本当に欲しいもののためなら、良人を試すことなんぞに、何の恐怖も遠慮ごころも抱かないであろうこの女が！

帽子ならまだしもよかった。

ここのところ勤めの多忙にかまけて、恒彦は多少愛撫《あいぶ》を節約していた。明日のたのしみに菓子を枕許に置いて寝る子供のように、彼は殊勝な子供らしい寝顔ですぐさま寝息を立てた。この種の禁慾主義に陥った感心な子供は、枕もとの菓子を鼠に引かれでもしなければ、滅多に思い返したりするものではない。

彼の最大の誤認は、今では郁子に必要なのは精神上の安息であって、そんなものは必要ではないとする判断だった。その実今こそ郁子には烈《はげ》しい忘我が必要だったのではあるまいか？　観光ホテルでの彼女の天晴《あっぱ》れな行動は、今こそ道徳を行うことの肉感的な晴れがましさを欲していたのではなかろうか。

郁子は寝つかれないで、水車《みずぐるま》のように枕を返した。枕はまた忽《たちま》ち熱くなる。郁子は火のような枕と追いつ追われつしているような感じがした。今では枕が、そのしつこい熱さで、彼女の眠られぬ髪を引止めて離さなかった。

『これでは良人が苦しんでいたかどうかもわかりはしない。もしかすると、苦しんでいたのは私ひとりではなかったかしら？』

郁子はこう考えることに屈辱を感じたが、この場合も到達した結論は、例の帽子の場合と同じであった。つまり彼女は黙っていた。

四月廿九日に恒彦は本店の指名を受けて北海道へ出張旅行に出かけることになっ

た。旭川支店の視察と連絡事務の目的があるにはあったが、どちらかというと、年度末の多忙のあとの慰労の意味のほうに重点がある。ほぼ七日の旅程である。

恒彦が出かけたあと、郁子はすこし疲れを感じて目前《めさき》がゆらめくような思いがした。庭へ出て、青葉に包まれた薄暮の梢《こずえ》の下を一人で歩いた。朗らかな気持では決してないが、そうかと云って鬱《うつ》しているのでもない。何か心持にとりとめがなくて、自分で自分に一向手がかりのつかめないもどかしさがある。考えたが、何の原因もなかった。

明る日から彼女に重要らしくも思われる変化が起った。というのは、あれほど彼女がその多忙を喜んでいた家事が、急にいやになってしまったのだった。そればかりか茶道の稽古《けいこ》へ行くことも、慈善団体の会議へ出かけることも、小説を読むことも、退屈することでさえ、何かしら馬鹿らしいものに思われだした。こうした外界への急激な興味の磨滅には、一種情熱的な軽蔑《けいべつ》と謂《い》ったものが感じられ、郁子はまるでそんなさまざまの年中行事を今まで誰かに強いられていやいややっていたかのような顔をしていた。

郁子のこんな途方に暮れた顔つきが露《あら》わになるにつれ、自分の上にまたかぶさって来る仕事の量に愕かされて、のぶは郁子の今までの精励ぶりを、贖罪《しょくざい》みたいな行為だったときめてしまった。

「旦那《だんな》様が御発《おた》ちになってから、すっかり奥様は黙っておしまいになったじゃないの。あの朗らかそうな御様子や、大車輪でお働らきになった毎日は、多分旦那様のために一心につとめておいでになったわけなんだわね。するとここのお家じゃ、旦那様と奥様の地位が顚倒《てんとう》していたのが、やっと元へ戻ったというわけだわね。でもちょっとやそっとのことで、あんなに郁子奥様が折れて出なさるわけはないとすると、あたしはどうも臭いと思うね。楠さんと何かあったので、その罪ほろぼしのためじゃあないかしらね。何しろあの人はいい男だもの。はじめてここへお出《い》でなすった時から何となく臭いと思いましたがね」

　こんな風にのぶは娘に話した。

　世間の思惑などまるで考えない沢田の流儀には、いわゆる「人間的」な点が多分にあって、彼は郁子が外出もしないで所在なさそうに一人でラジオをきいている晩には、どしどし茶の間へ出かけて行って彼女のお相手をつとめた。恒彦が出発して二日目の晩の如きは十一時すぎまで郁子のところで愚図々々《ぐずぐず》していた。郁子が引止めるわけではない。しかし彼が居てくれることは決して邪魔にはならず、聞きかじりの人生哲学をきかされるのだって、ラジオの街頭録音程度には面白かった。のみならずのぶがたえず出たり入ったりして、時々少しばかりはしたない言葉で沢田をからかうのをきくと、郁子は気をまわした。

『沢田さんって、ただでさえ悪趣味の傾向があると思っていたけれど、まさか……』

郁子は沢田の無趣味を悪趣味だと買い被《かぶ》っていたが、この点で、彼女はしらずしらず沢田という人物に関する先入主を修正していたのである。彼女は沢田があまり一般的な意見を吐くので、個別的な意見をききたいと思った。打明けて言えば、悪趣味な話がききたかったのだ。

或《あ》る晩のごときは、のぶと娘も加えて四人でトランプをして、そのあげくに沢田がトランプの手品を見せた。

「一枚抜いてごらんなさい」

彼がトランプの扇の上から郁子の目をみつめてこう言った。

「どれでもいいの？」

と郁子が訊《き》き返した。彼女はその一枚を抜こうとして、札《ふだ》を押えている沢田の指の力に難渋した。

「どうしたの。早くとって下さい」

「だって……ずるいことよ」

郁子は何となく頰を赧《あか》らめた。いつぞや良人《おっと》の前で、沢田の指と自分の指とが、炬燵蒲団《こたつぶとん》のなかで申し合わせたように炬燵の柱を叩《たた》いているのに気がついたあの奇妙な瞬間を思い出したのである。

その晩沢田とのぶ親子がそれぞれの部屋へ引取ったのは、やはり十一時をすぎていたが、明日の朝郁子は、学校の旧友の夫妻に誘われていたので、久々に遠乗会《とおのりかい》に加わる約束があった。千葉の行徳《ぎょうとく》の御猟場までの行程である。中継地の市川橋に九時半に集まる申合せのためには、遅くも七時半には家を出なければならない。明日の日曜には略《ほぼ》三十頭の一隊が皇居内の馬場を朝早く出て、市川橋で乗り継ぐことになっている。郁子に割当てられた馬は、「白梅」という鹿毛《かげ》である。

のぶが起してくれることになっていたが、念のために郁子は目ざまし時計をかけようと考えた。寝室まで行ってみて、久しく使わない小型の独乙《ドイツ》製の目ざまし時計を飾棚の上から手にとった。今の時間に合わせて試しにベルを鳴らしてみた。ベルは鳴らない。時計を振ってみた。やはり鳴り出さない。

こういう場合に沢田という男は甚だ重宝な存在である。彼はまだ起きているにちがいなかった。窓から斜めに見上げられる二階の硝子戸《ガラスど》には灯があかあかと灯《とも》っている。

郁子は時計をもって裏の階段から二階へ上った。良人の暗い書斎の前の廊下をとおる。そこで廊下が二度曲折して、表階段の前をとおって、沢田の部屋へつづいている。

郁子は唐紙のそとできわめて快活にこう呼びかけた。

「沢田さん、まだ起きていらして？　ちょっと時計を直していただきたいのよ。目ざまし時計が鳴らなくなりましたの」

声は彼女自身が思っているほど高くもなければ闊達《かったつ》でもない。ききとれなかったので、沢田は中から、「はあ？」と間の抜けた返事をした。襖《ふすま》があくと、安心したことには、彼はまだ寝間着に着換えていなかった。

「明日あたくし遠乗でしょう。これが直らないと、何だかのぶだけでは心配なのよ」

「どれ、見せてごらんなさい」

沢田は時計をうけとると、枕許《もと》のスタンドをともし、あぐらをかいて、スタンドの明りのそばで時計を何度も引っくりかえしていたが、そのうちにいかにも専門的な舌打ちをして、分解にかかった。郁子は手もちぶさたである。硝子戸の前の畳廊下にある籐椅子《とういす》に腰を下ろした。庭の梢のいっせいに芽吹いている気配が、夜気のなかにも潑溂《はつらつ》と感じられる。

沢田は途中で気がついて、「どうぞ」と言って座蒲団をすすめた。すでに郁子は椅子にかけている。それに気のつかない熱中の様子は、郁子にはこの男の無邪気な美点のように思われ、いつにない彼の沈黙も、熱中のせいだと思うと気にならなかった。

彼は畳の上にならべた歯車を、怒ったような顔をして、しきりにとりあげてしらべては、またもとへ戻している。修理は一向に捗《はかど》らない。

「御無理だったら、よございましてよ。のぶはどうせ起してくれるんですし……」

「まあ、そう軽蔑しないで下さい」――と依然沢田は彼女の存在を忘れたように時計の内部をのぞいたまま怒ったように言う。「もうすぐ治りますから、もうちょっと待って下さい」

また十分ほどがそのまますぎた。

「本当によございますわ。今度もうすこし技師さんのコンディションのいい時におねがいするわ」

「まあ、急《せ》かさないで、もうちょっと待って下さい。もうちょっと」

また五分たった。

郁子は不覚にも椅子にもたれてうつらうつらした。

十六

あくる日郁子は遠乗会《とおのりかい》を休んだ。朝、起しに来たのぶに、頭痛を訴えて、断りの電話を誘い手の旧友の家へかけさせた。

五月六日に恒彦は北海道の出張旅行から帰宅した。それから一週間ほどは何事もない。五月十三日の朝、堂々と差出人の楠の名を書いた手紙が届いた。あけてみる。郁子の顔から血の気が引いた。

郁子はいそいで外出の身仕度をした。このとき彼女が鏡の前に居た念入りな時間が、いつもよりよっぽど長かったのは、気のせくあまりに慄《ふる》えていた手のせいであったかどうか。

外出先をのぶに告げて出るのが習慣の彼女は、今日は外出先を告げようともしない。

「奥さまったら、まるであたふたと、親の臨終をしらせてきた電報をうけとったみたいに出ておいでになった。何事だろうね」

とのぶが言った。毎朝恒彦が出勤してから一時間ほどして郵便配達がやって来る。郵便を郁子の部屋へもってゆくのは年端のゆかぬ薄野呂《うすのろ》の女中の役目で、のぶほどの人物がそんな雑用は関知するところではない。従ってのぶは楠から手紙が来たことを知らなかった。

郁子はむやみと急いで歩いていて、ふと気がついて立止ると、何も急ぐ理由がないのに思い当った。何も急ぐ理由はない。急いだってはじまらないのだ。坂を下りるとき、いつもはそんなことは気にならないのに、繊細《かぼそ》くて高い靴の踵《かかと》が、危険な不安定なものに思われる。それで思い出されるのは、いつかの楠の京都旅行の間に訪問した友達の家からの帰るさであった。彼女はまた、自分の足もとにころげて来てとまった蜜柑《みかん》のあざやかな色を思い出した。

『こんなときこそ要心しないと、自動車に轢《ひ》かれたりするんだわ』

こう自分に言いきかせながら歩かねばならない。自動車に轢かれない一番いい方法は、自動車に乗ることである。彼女は手をあげて、タクシーをよびとめた。

楠の事務所は丸ビルの六階にある。郁子は行先を言って、シートに身を投げた。目をとじた。動悸《どうき》が甚しい。すでに一つの重い決断を下したあとのような心地である。それもその筈《はず》だった。箱入りのこの若夫人が、自分一人でタクシーをとめたりするのは、生れてはじめてのことだった。

楠はあいにく不在である。大手町の官庁街まで出かけているので、もう三十分ほどすれば帰る由である。郁子は部屋の片隅の革張りの長椅子で彼を待った。丁度彼の居合わせなかったことが小さな幸運のように感じられる。そうではないか。もし彼が居合せて、この昂奮《こうふん》し切った女と、まともに顔を合せたら、どんなことが起ったか知れたものではない。おそらく二人にとって最も不幸な瞬間か、最も幸福な瞬間かが襲いかかったに相違ない。

郁子は気ちがいじみた昂奮が次第に自分の中に衰えてゆくのを、半ばはうれしく、半ばは残り惜しく感じていたが、そのうちに人前も憚《はばか》らず、コンパクトを出して顔を直した。

まだ楠は帰らない。事務室には無関心な単調な騒がしさが横溢《おういつ》している。邦文タイプライターの自堕落な響が、なかんずく心を苛立《いらだ》たせる。郁子はまだしも今朝手紙をうけとったときの自分の取乱し方のほうが、自分にとって見透しのきく明晰《めいせき》な状態であるような気がしはじめて、ついさっきまで手をふれるさえおぞましく思われたその手紙を、ハンドバッグからとり出して読み返した。

郁子様

お手紙をさしあげる資格もない筈の僕ですが、これだけは僕にとっても重大問題と思われますので、何とか僕にも納得の行く釈明を、していただく資格だけはあると考え、こうしてお便りした次第です。

昨日僕は沢田君に偶然会い、夜おそくまで一緒に呑《の》みました。彼は僕の愚痴を友情を以《もっ》てきいてくれましたが、そのうちに友情とも敵意とも、はたまた善意ともつかぬ不可解な調子で、不可解な仄《ほの》めかしをやって、僕を苛立たせました。僕はこの仄めかしに只《ただ》ならぬものを直感し、彼を責め、その上、僕をよく御存知のあなたただから敢《あえ》て申しますが、彼の隠しても隠せない勝利感に水を向けながら、巧みに誘導して、本音を吐かせることに成功しました。しかしこの成功が僕にとってどんなに苦い成功だったかは、あなたも十分御推察なさることができると思います。信じまいとしましたが、信じないわけにはゆきませんでした。沢田君のような人の打ってかわった勝利感の根拠は疑いようのないものだからです。

この手紙を、すでに第三者になった男が、あなたと沢田君の問題にちょっかいを入れて、沢田君を窮地に陥れようとして書いた手紙だとおとりになっては迷惑です。僕としてもあなたが沢田君のあんな軽率な口外を、沢田君一人の責に帰する御資格はおもちでないものと考えます。

思わず話が理窟《りくつ》っぽくなりました。ともあれこの手紙を僕が気軽に鼻歌まじりで書いているなどとお考えにならないで下さい。僕は憤怒と悲しみと耐えがたいみじめさの中で書いています。これは責めるお手紙ではない、愬《うった》えのお手紙です。僕は全てを諦《あきら》めていましたが、今度のことを知ってから、諦めていたことの愚かさに身を嚙《か》まれました。あなたはどんなに僕をつまらないものに思っていらっしゃろうとも、少くとも今度の僕の傷に手当をして下さるだけの義理はおありです。純粋に僕とあなた二人だけの問題として考えても、あなたが僕をもう愛して下さらないことは別に、少くとも僕を慰めて下さるだけの義理はおありです。あなたが沢田君と二人で乗られた自動車でどこへ行かれようとそれは御随意だが、路傍をゆく僕の上着に水たまりの泥水をはね上げたら、車から下りて僕の上着を手巾《ハンカチ》で拭《ふ》いて下さるだけのやさしさは、必ずやもっておいでの筈のあなたです。

このお手紙御覧になり次第、会社のほうへ僕をお訪ね下さいませんか？　決して御迷惑はおかけしません。唯一言、慰めのお言葉をうかがいたい。それで僕がいくらか元気を取戻せたら、功徳と申すものです。僕は怒っていますが、きっとあなたにお目にかかった瞬間から、僕の怒りは、こんなお手紙を出してあなたの御身辺をさわがせたことへの、気弱な謝罪に変ってしまうことでしょう。その点は御休心下さい。

では久々にお目にかかれる日を待ちます。

楠　生

『脅迫している。私を脅迫している』

読み返してみて、はじめて郁子はそこに気づいた。このやさしげな手紙のなかに、今まで郁子が読みとったつもりでいたものは、ただ表ての意味にすぎなかった。こうして駈《か》けつけて来た動機でさえ、胸をしめつけるような良心の苛責《かしやく》からにすぎなかった。もしかすると、こうまで息せき切ってここへ来たのは、再び楠に会えることの公然たる理由が、与えられた喜びからかもしれなかった。

郁子はふいに冷たい表情になった。

事務室の窓はビルの中庭に向いている。向う側の六階の窓から、一人の女が何か卓布のような白い大きな布をひろげて、埃《ほこり》をはたいているのが見える。丁度その窓のあたりに日が射しているので、眩《まば》ゆい白布は羽搏《はばた》いている白鳥のようにみえる。

このときドアがあいて楠が入ってきた。郁子と目が会う。郁子は冷たい表情を崩さなかった。そうしていながら、楠のあのなつかしい微笑を期待した。しかし意外なことに楠も表情を動かさずに、軽い目礼を与えると、事務所の喧騒《けんそう》のなかへ分け入った。奥の一隅の、扉に社長室と金文字で書いた、公衆電話のような部屋へ入ったまま、出て来ない。

郁子は大そう自尊心を傷つけられた。こんな仕打に会っただけで席を立って帰るのが至当である。しかも彼女にはそれができない。募集広告を見てやって来た女のように、彼女はまた長椅子に腰を据えたまま、落着きなく壁のポスタアを見比べた。

そして再び薄色の初夏の背広を着た楠が、秘書らしい男に何か言い置きながら社長室を出てくるのを見ると、郁子は彼がまだ近くへ来ないうちから、訴人《そにん》のように立上った。

近づいて来た楠は烈《はげ》しい眼差《まなざし》で郁子の目をのぞき込んだ。彼女の目のなかへ、劇薬が流し込まれるのを郁子は感じた。彼女の冷たい表情が解けた。唇を微風のように慄わせた。彼女の目には涙がうかんだ。

この涙が社員たちの余計な噂話の種子《たね》にならぬように、楠はすばやく郁子の背に手をまわして、ドアのほうへ導きながら、無言でドアをあけて、自分もいっしょに廊下へ出た。

尊大ともとれ、芝居じみてもとれるこんな無言のいたわりを、郁子は一瞬のうちに判断しようと焦ったが、もはやこの焦りには彼女独特の矜《ほこ》りは失われ、家畜のような怯懦《きょうだ》が顔をのぞかせていたのである。

『私に罪はない。私に罪はない。私に罪はない。私に罪はない』

郁子の心はしきりにそう繰り返した。

楠と郁子は昇降機のなかで身を倚《よ》せ合った。昇降機は混んでいる。楠の体をひしひしと身近に感じると、女らしい直感から、郁子はまことに好都合な喜ばしい発見を心に叫んだ。

『この人はまだ私を愛しているわ！　これだけは間違いがない』

目の前の外国婦人の真赤な帽子の羽根毛をよけて、彼女は顔をそむけた。すると彼女の髪は、自然、楠の頰に雪崩《なだ》れた。その髪の香《かぐ》わしさに楠はうっとりした。『この女が仇敵《きゅうてき》だということを忘れてはいかん』としかし楠は自分に教訓を垂れた。『ときどきは忘れるのもよろしいが、そういう時には郁子の魅力を、断じて女一般の魅力としてしか、感じないように気をつけるべきだ』

二人は一階に止った昇降機を出ると同時に、まるで別人のようなぎこちなさで離れて歩いた。

ビルディングの出口にちかい花屋には季節の花がゆたかに沽《う》られている。薔薇《ばら》がある。菖蒲《しょうぶ》がある。雛罌粟《ひなげし》がある。グラジオラスがある。光りに眩ゆいビルディングの出口からは、時折風が猟犬のように入って来て、ために花々はおののき騒いだ。郁子は楠とビルディングを出ると有楽町のほうへ歩いた。もし良人《おっと》に見つかったら、只《ただ》ではすまない。そうは思うものの、楠にそんな警戒の義務を負わせるだけの間柄が、出来てもいないものを、彼女のほうからそういう杞憂《きゆう》を口にしては藪蛇《やぶへび》であろう。

しばらくゆくと楠がこう言った。

「手紙、おどろいた？」

「ええ、本当にびっくりしてよ」

郁子は強いて無邪気に笑った。笑ってから自分のみじめさに耐えられなくなった。そして永い溜息《ためいき》をついた。

「あたくし、弁解はいたしませんことよ」

「公明正大だという意味ですか？」

「今さら嘘をつくことがあるかしら。沢田さんの仰言《おつしや》ったことは本当だわ」

楠が見ると、郁子は硬い横顔を見せている。彼女の歩き方は、張りつめていて大そう潤いがない。

二人はまたたく間に有楽町の昼なお暗い喫茶店の二階に着いた。昼間の蛍光灯というものは、電灯が病気にかかったような風情である。

楠はやさしく郁子の手の甲に手を載せた。

「何も弁解なんか要りませんよ。一言僕を慰めて下されば、気がすむんです」

この瞬間、郁子は彼をまことの良人のように感じた。

皮肉な成行である。今ほど楠を愛していることは嘗《かつ》てなかったように郁子には思われた。恋の利己主義の虜《とりこ》になって、彼を慰めるゆとりなんか全くなくして、彼女は欲していた。愛されたいとねがっていた。沢田とのたった一夜のいきさつが、いかに楠の前に弁疏《べんそ》の困難なものであるかを、身にしみて知っている彼女だけに、この恋情の烈しさは固く絶望と結びついたものだった。

楠は怖れげもなく、気も顚倒《てんとう》している可哀そうな美しい女の、伏目がちの顔を飽かず眺めていた。そうすることに何の疚《やま》しさのある彼であろうか。彼は妙な夢心地の中で、彼女に手をつけた男が自分ではなかったことに安堵《あんど》をすら感じた。『難しいところだぞ』と彼は考えた。『この女に存分にやさしくして、凡《すべ》てを許しているようにみせかけるのが第一だ。それと同時に、どこか気を許していない冷たさを見せておく必要がある。彼女はこの二つのものに迷うだろう。不安にかられるだろう。そうすると、彼女は僕に完全に許されないうちは、家庭の安全も百パーセント保たれないことに気づくだろうし、また僕に対して本当に何もかも投げ出す気になれば、それはそれで、僕が完全に許していないことが重荷になるだろう。郁子はそれを冀《こいねが》い、彼女の全生活、全生涯の目的とし、ついには僕をして心から「許す」の一語を言わせるために、(それが家庭の幸福を守るためであろうと、僕への愛情のためであろうと)凡てを投げ出さねばならないことをさとるだろう。そこまで持ってゆくのが復讐《ふくしゅう》なり試煉《しれん》なりの第一段階だ。彼女が次に来る試煉に及第するとする。そのときこそ僕は彼女を虚心坦懐《たんかい》に迎えてやろう。細工は流々仕上げを御《ご》覧《ろう》じろだ』

さて、美しい仇敵は、今楠の目の前に、かつて見たこともない謙虚な様子でうなだれていた。彼女は楠の手の下から自分の手を引こうとしない。楠の手に比べると、沢田の手は油じみていた。それを思い出して郁子は戦慄《せんりつ》した。

「あたくしああは言ってもいつかあなたに弁解をしそうな気がいたしますの。そのときは合図してあたくしを黙らせてね」

「どうしてそうこだわるんです」

「だって……」郁子は言い澱《よど》んだ。「他のことにこだわらないために、このことにだけはこだわりたいの」

「他のことって何ですか」

「いやな方。他のことって、あなたのことよ。今までのあなたのこと。これから先のあなたのこと」

彼女の半ば顔を赧《あか》らめた微笑の艶冶《えんや》なことは、この瞬間の楠を大そう愕《おどろ》かせたが、それが羞恥《しゅうち》から出た微笑だとは気づかれない。弁解を渋るのも理《ことわり》だった。郁子は弁解をはじめるや否や、たった一夜偶然の成行で沢田と犯したあやまちが、その実、想像の裡《うち》では、楠と犯したあやまちとしか思われない、そういう微妙な故意の錯覚について、楠に何事かを愬《うった》えだすであろう彼女自身をおそれていた。何故ならこの心の秘密はどんな睦事《むつごと》よりも恥かしい秘密であり、どんな告白よりも言いづらい告白であった。殊にたまたま居合わせた相手が沢田だったということの自尊心の傷も祟《たた》って。

楠が時計を見た。

「やれやれ事務所に約束の客が来る時間だ」

「又お目にかかれて？」

郁子は事もなげにこう言った。一見優雅なこの無恥厚顔が楠を怒らせた。

「僕をこわくないんですか？　こわくないにしても、少くとも、詰らなくないんですか？」

郁子は今朝ほどの恐怖と狼狽《ろうばい》を、きれいさっぱり忘れている自分を見出《みい》だした。

「ええ」

「あなたという人は。まるで謎だな」

彼は郁子が大胆なのか臆病《おくびょう》なのか、又してもわからなくなった。ともあれ、少くとも彼自身が鋭鋒《えいほう》を包み得たことに満足した。

事務所までまた肩を並べてかえると、郁子は昇降機に乗って、六階の廊下まで送って来た。楠プラスティック株式会社の金文字を捺《お》した扉の前で、二人は別れた。

郁子は別れるとき、すこしいたいたしい微笑を以《もっ》て楠を見上げた。

『今日の村松夫人と来たら、まるでぽっと出の可憐《かれん》な田舎娘みたいな技巧を演じたぞ』

と楠は自分の椅子におちついて、そう考えた。

『敵もさるものだなあ。恐怖にかられて僕の足にすがりつかんばかりの彼女を想像したのは、僕の憤怒の大袈裟《おおげさ》な幻想だったのかしらん。一体、彼女に良心というものがあるのかな。これで見ると、観光ホテルでのあの抵抗が何の意味だかわからなくなって来る。どう謙遜《けんそん》して考えても、彼女がはじめから、僕より沢田を愛していたなどとは考えられないことだ。いちばん愛している男に決して身を委《まか》せない賢明な女だと思えないこともないが、女というものがそもそもそこまで賢明でありうるものかしら』

土曜日だったので、郁子が家へかえったときは、すでに恒彦も沢田も帰宅していた。恒彦はふりだした雨に、家の中でつくねんとしていた。

フランス渡りの近代絵画の画集を最近手に入れたので、彼は贋物《にせもの》か本物かわからない高価な原画に金を散ずるよりも、このほうがよほど愉《たの》しめると負け惜しみを云っていた。デッサンとの交換に供すべき父親の形見は、古画も新画もすでに種子が尽きていたのである。

郁子は仄暗《ほのぐら》い茶の間でてんでに画集と新聞に没頭している良人と沢田のそばへは行かず、端近にハンドバッグを落して、外出着のままそこに坐《すわ》った。

沢田は彼女の粧《よそ》おいの花やかさから何かを読みとったらしかった。具合が悪そうに、また新聞の紙面に目を落した。郁子は自分でも思いがけない鋭い非難の目で沢田を見ていたのである。

『この人を責めたって仕様がないわ。責めれば、私と楠さんとの今後の行動を、却《かえ》って邪推される種子を蒔《ま》くようなものだ。それにこの人が楠さんにあんなことを喋《しゃべ》った理由が私には呑《の》み込めている。あの晩だけで、それ以来、私が拒みつづけていすることへの腹癒《はらい》せなのだ。それが外へむかっては、虚栄心から、自分の征服を吹聴させたのだ。征服！　勝利！　それは文法の誤りではないかしら？　この人の滑稽《こっけい》さは、みんな文法上のまちがいから来るのではないかしら』

その実、沢田は郁子から何を感づいたわけでもなかった。彼はただ意気銷沈《しょうちん》していただけのことである。

「どこへ行っていたの？」

めずらしく良人《おっと》がそうきいた。

「津川さんのお茶の会。とても急なお招《よ》ばれだったの」

郁子は朗らかにこう答えた。彼女は何の疾ましさもない堂々たる嘘をついているつもりでいた。しかし今日の無邪気な逢瀬《おうせ》を堺《さかい》にして、妻の中に別のものが生れていることに恒彦は気がつかない。

郁子の精神は、すでに不貞の妻のものであった。この日から彼女は良人のことも沢田のことも考えなかった。郁子の心はひねもす楠の名を呼んだ。

十七

五月から七月まで、楠は郁子に拷問を課した。恋愛とは、勿論《もちろん》、仏蘭西《フランス》の詩人が言ったように一つの拷問である。どちらがより多く相手を苦しめることができるか試してみましょう、とメリメエがその女友達へ出した手紙のなかで書いている。郁子がいつも目の前にいると思っている楠は、実は硝子《ガラス》を隔ててそこにいるのだった。のみならず今では楠が、この硝子の水槽の外側にいるのであった。彼は水槽のなかを泳ぎまわる一匹の美しい熱帯魚の孤独な生態を観察していた。その透明でなよやかな鰭《ひれ》の揺動を、その游泳《ゆうえい》の曲折の定めなさを、藻の葉かげに横たわるそのまどろみを、楠は科学者の態度、科学者に特有なあの客観的な情熱の態度で観察した。このような情熱は、彼にとって快楽であったろうか？　むしろ苦痛に似ていたのではなかろうか？　まるで一方的な拷問のように見えながら、どこかに愛が存在する以上、それはやっぱり「苦しめ合い」だ。

郁子は何かの加減で、熱情にかられて手をさしのべようとすることがある。すると彼女の手は忽《たちま》ち硝子にぶつかった。そんな時の彼女には、楠が硝子のあることを百も承知で、しかも不審そうに目《ま》ばたきしながら、こう問いかけているのがきこえるような気がする。

「どうしたの？　何をためらっているの？　どうしてもっとこちらへ寄って来ないの？　今さら僕に何を他人行儀にためらったりすることがあるの？　水臭いじゃありませんか」

そういう時の楠の眼差《まなざし》はまことにやさしく、そんな眼差に底意があろうとはなかなか思えなかった。

二人はその二月《ふたつき》のあいだ、いろんな場所であいびきを重ねた。郁子にとっては彼が何かの道徳律に突発的に感化されたとしか思われないが、その間《かん》、楠はただの一度も「あやまちを犯さ」なかったのである。流石《さすが》の郁子も、まさかにこの殊勝なためらいが、彼女の貞淑の感化によるものだと己惚《うぬぼ》れることはできない。

秘密を守るためにめぐらす苦慮が、ときには皮肉な反省を強いて、秘密にする値打がないものを、値打ありげに見せるための、欺瞞《ぎまん》の苦心ではないかとさえ思われることが郁子にはあった。それがまた、そんな重大な秘密でもないことのために良人《おっと》の誤解を買うことのばからしさから、ますます彼女に秘密を守るための権謀を重ねさせた。つまりは堂々めぐりであった。

あの手紙以来三度目のあいびきに、郁子は一時間の余も待たされた。郁子は約束した時間に人に待たされたりしたことのない女である。待つことがどんなに辛《つら》いか、それを身にしみて感じると、彼女は腹を立てるより先に、自分が蒙《こうむ》っているこうした似合わしからぬ待遇について何の不思議も感じていない謙虚さに自ら愕《おどろ》いた。この謙虚さが、今では彼女の待つことの苦痛を和らげる唯一の力だったのである。

梅雨めいたある晩のこと、郁子は鎌倉《かまくら》の親戚《しんせき》に不幸があったので、良人と二人で通夜に赴かなければならなかった。良人は銀行の仕事で遅くなるので、夫妻は別々に行くことを申合わせ、郁子もついでに鎌倉の古い友人の家を訪問するから、そのかえりに通夜の席へ列《つら》なる時刻は、多分良人と同じころになるだろうと言った。

しかし通夜へゆく前に郁子は楠と鎌倉駅近傍の賭場《とば》へ遊びに行った。レインコートを無雑作に羽織り、雨靴を穿《は》き、手には喪服一揃と草履の入った大きめなボストンバッグを提げている。楠が着換えの場所を受け合ってくれたのである。

雨が降っている。鎌倉駅裏口には傘をもった出迎え人がぼんやりと雨脚を眺めている。郁子は楠に教えられた道のぬかるみを歩き出した。彼は迎えに出て来るでもない。

郁子は雨傘を傾けて暗い松並木の下蔭《したかげ》の小道に入った。しばらく高い船板塀が左右につづいている。やがて一方が途切れて低い生垣《こてい》になる。見渡される草深い庭の高まりが、思わせぶりな仄暗い灯火を点じた小体な洋館につゞいている。

郁子にはすでに目前の喜び以外は考えない奴隷のような固癖がついていたが、いったん屈辱に馴《な》らされてしまうと、彼女くらい無為無策な女はちょっと考えられない。何の防禦《ぼうぎょ》も何の期待もなしに、彼女は逢瀬の場所へむかう。何も起らないという安心なり、たかをくくる気持なりがそろそろ兆しそうなものなのに、彼女はただ謙虚な焦躁《しょうそう》をあらわにするだけだ。

今晩の賭場での短いあいびきでも、楠は憐憫《れんびん》から出たとしか思えないほとんど神秘的なまでのやさしさで彼女を遇するにとどまるだろう。彼の前で、悩み悶《もだ》えている女の役を演じさえすればいい。……それだけでいい。……しかもこの不当な役廻《まわ》りが、今では郁子の唯一の生活の喜びだった。

朝鮮人の朴氏の経営にかかるこの倶楽部《クラブ》は、扉をノックし、小窓がひらき、顔が検《あらた》められ、はじめて扉があけられるという古風な方式を守っていた。これは一面其《その》筋《すじ》を憚《はばか》る必要に出た方式であるが、一面限定された会員の冒険心をそそる効能もあった。日本人、朝鮮人、白系露人、中国人、独乙《ドイツ》人の会員に加うるに、顔なじみの米国人の下士官や兵隊が毎晩来ている。楠は友人に紹介されてこの甚だ柄のわるい倶楽部に出入するようになってから、自分がもっと希望を失っていた間にここを知っていたら、そういう自分にこれほどふさわしい場所はなかったろうと考えた。ここでは何事も日本式の七面倒な手続なしに運ぶのであった。階上にはちゃんと「休憩室」がついていた。

郁子は言われたように扉を三度叩《たた》いた。扉の小窓があく。黒い蝶《ちょう》ネクタイの男の顔があらわれる。楠の名を言うと、扉が内側へあけられた。蛍光灯に照らされた水底のような廊下の一角がクロークである。廊下にはジャズ音楽が漂っている。郁子は濡《ぬ》れたレインコートが蛍光灯のために魚の肌のように光るのを折り畳んでクロークにあずけた。

そこへ楠があらわれて彼女に向って幾分粗野な挨拶《あいさつ》をした。左手にはハイボールのコップをもっている。この微醺《びくん》を帯びた呼びかけを、郁子は眉《まゆ》をひそめて聴くどころか、彼女のほうから派手に握手の手をさし出した。

「やあ、よく来ましたね」

「ただの好奇心よ」

と彼女は言った。

「御案内しましょう」

楠は内心喜びを抑えかねていた。そうではないか。郁子は来いと云えば、こんな怪しげな倶楽部にまで顔を出すようになったのだ。こんな場所で眺める彼女はひときわ美しく、その不調和は彼女の気高さを際立たせた。楠は自分の家を案内するように扉をあけた。そこのホールではオダリスクの装いをした一人の踊り子が踊っていた。

郁子はまた奥のバアのスタンドにもたれてこの踊りの一こま一こまに奇声を発している数人の米兵を見た。踊り子は観客のすぐそばまでゆくと裸の太腿《ふともも》を誇示するような身振をした。楠は郁子の手を引いて踊りの傍らをすりぬけた。

二人はバアの一角に辿《たど》りついて酒を注文した。郁子はこれから悔みに行かねばならないことを申立てて断った。楠は強いてすすめない。そして、ごらんなさい、と言いながら彼女の肩に手を廻して、奥の客間を示した。緑いろの羅紗《ラシャ》の卓子掛をかけた卓をかこんで十人ほどの人が身じろぎもしない。一人の軍曹の太い金の指環と手の甲に生えた金いろの剛毛が灯下に光っている。その掌《てのひら》のなかではトランプは甚だ小さくみえる。桃いろと青と白のチップが机上に積まれており、そのまわりには日本の紙幣と弗《ドル》紙幣が散乱している。十人はもちろん見物人を入れた数である。見物人も彫像のように動かない。机上に置かれたハイボールの炭酸の泡がきらめきながら上っているのが、いかにもその場の沈静を示している。

郁子はまた一方を見た。客間の半ばは、長椅子の上に、飲んだくれた紳士が女たちと頬を寄せたまま居眠りをしている風景に占められていた。これも動かない。

その客間全体の異様な静けさは、こちらの喧騒《けんそう》なギターと喚声のせいかしらと郁子が考えていると、

「どう？　おどろいた？」

と楠がきいた。彼女は黙って微笑して首を振った。

郁子に愕くべきことがあろう筈《はず》がない。のみならず彼女の躾《しつけ》が、何事によらず、軽率に愕いてはならないと教えていた。その結果、彼女にとっては物事の価値は、人を愕かせることで測られるものではなく、決して人を愕かそうとしないことで測られるものだった。そういう美なり、そういう価値なりは、すでに世間から重きを置かれていないことには気づかずに。……そしてもっと悪いことには、彼女自身がこうしたつつましい美学を裏切りつつあることには気づかずに。

このごろでは郁子はわれしらず、彼の洋服の袖《そで》に手をかけたりしていることがあった。それは楠がさりげなく彼の手を外し彼の腕を外すことで、はじめて郁子自身に知られるのであった。今も彼女の手は、スタンドに横たえた楠の黒サージの背広の袖にかかっていた。その指は無意識に彼の袖口の飾釦《かざりボタン》をまさぐった。楠がさりげなく腕を外す。郁子が心づいて、楠の顔を見上げる。すると楠のやさしいなだめるような表情には、病人をあやすことが上手な医者の落着きすぎた微笑があった。

そういうとき、もはや楠を理想化して考えることしか出来ない郁子は、彼の中に途方もないデリカシイを想像して、さて己れを責めるのであった。

『ああ！　私にはまだ狡《ずる》さが、打算がひそんでいるのではないかしら。私の矜《ほこ》りは、この見えない敵に屈服していたことの仮面ではなかったかしら。どうして私の真心を見せたらよかろう。楠さんは私が沢田さんのことで弱味を摑《つか》まれている窮境から、仕方なしにこうまで言いなりになっているのだと思っていらっしゃるにちがいない。楠さんは私の従順さに、狡智を鎧《よろ》うた貞節を見ていらっしゃるにちがいない。私のあらゆるやさしさに、良人の名誉のために敵将に身を捧《ささ》げる女の強張《こわば》った微笑を見ていらっしゃるにちがいない。油断なさらないのも尤《もっと》もだわ。そういう女はたいてい胸中深く匕首《あいくち》の一口《ふり》を吞《の》んでいるものだから』

このさもあるべき彼の疑惑に、郁子は同情を感じ、或《あ》る尊敬の感情を抱きさえした。

『愛している女の真心をぎりぎりまで疑わなければならない羽目に陥ったこの方はお可哀想だ。私はどうかして上げたいと思うが、私に何ができよう』

まずここまでの心の動きは楠の思う壺《つぼ》だったが、ここで郁子の心はもう一段飛躍して、楠がもしそれと知ったら事の意外に愕くにちがいないような考え方をはじめるのであった。

『私に何ができよう。何もできはしない。たとえ私が身を委《まか》せても、楠さんが私への疑惑をお捨てになる十分な機会とはなるまい。疑いはますます奥へしりぞき、ますます根の深いものになるだけだわ。私の真心を見せるためには、そんな手段は問題にならない。私の真心が何とかしてわかっていただけたら、何とかして精神的にわかっていただけたら』

楠にしてみても、しばしば彼女の目の色にかつて見なかった深い誠実があらわれるのを見て心を打たれる瞬間があったが、その都度一向に感動しなかったふりをすることを忘れなかった。ほしい時に買ってもらえず、さほどほしくなくなってから買ってもらった玩具《おもちゃ》を前にしてむずかる駄々ッ児《こ》のように、楠はこの誠実の色を五ヶ月前に見られたらと思うと、たまたま自分に好機をもたらした沢田との問題を、とりかえしのつかない呪《のろ》うべきものに感じるかたわら、その口惜しさは郁子への憎しみにも変るのであった。

郁子はいつの間にオダリスクの踊り子の踊りがおわったのか知らずにいた。兵隊たちがめいめいの女と踊りだした。郁子も楠と数曲つづけて踊った。踊り場は蛍光灯の灯りに仄暗い。踊っているあいだも、郁子は或るさびしさを免かれなかったが、このさびしさがどこから来るものかわからない。彼女は幾多の場所で楠と踊った時のことを目をとじて思いうかべた。いつも郁子は心のうきうきとした動揺を隠しえずに彼と踊り、一曲ごとに痛切な離れがたなの思いをしたではないか。今はどうだろう。人目もなく、全くの二人きりで、こうして踊っている間のこのさびしさは！

郁子の目は楠の胸の上で鳩のように閉じ、またひらく。楠はこの憂わしい眉を、遠くにいてどんなに愛したかを思い出した。彼の中にもこういう思い出の反芻《はんすう》によっておこる情緒が、一種のさびしさを呼びさました。そこで衝動的に郁子を強く抱こうとする。しかしそういう感情を今見せてしまうことの不得策に気づいて、抑えた。

こうした悪だくみが人に純潔さのつつましい快楽について教える結果になろうとは、何という皮肉な成行であろう。二人はこの新鮮な目新らしいさびしさを、それと知らずに、多少享楽していたのである。

楠と郁子は踊りを止めて窓際の作りつけの長椅子に並んで掛けた。郁子が窓のカーテンを横に引いた。雨がひどくなっている。室内の暗さが、雨の戸外を見易くしていた。郁子は芝生を濡《ぬ》らし松林を濡らしている夜の雨の黒い滴《した》たりを見ようとして目を細めた。すると庭のむこうを通る自動車のヘッドライトが濡れた松の幹の二つ三つを縦横に照らし出した。その松の濡れた幹は、反射によって暗澹《あんたん》とかがやいた。郁子は何故ともなく軽い戦慄《せんりつ》を感じた。

「どうしたの？」

「もうお通夜へ行く時間だわ」

楠が残り惜しそうな表情を一向見せないことが彼女を立ちにくくさせた。郁子は両腕を窓枠に凭《もた》せて、倦《だる》そうに賭場《とば》のほうを見た。目の前のダンスの人の体の隙間《すきま》から、煙草の煙にふちどられていっそう瞑想的《めいそう》にみえるポーカァの人たちの群像が望まれる。その更に奥の炉棚の上には、すっかり燻《くす》んだ油絵があって、それは籠《かご》を出たり入ったりしている四五匹の仔猫《こねこ》をえがいたひどく在り来りな通俗画である。灯火の加減で油の反射が大そう図柄を見にくくしている。

「着替をしなくては」

と郁子が言った。

「おしなさい」

「だって、ここでは」

「いいところがありますよ。僕が責任をもつと言ったじゃありませんか」

楠はこう言い捨てると、先に立ってクロークから彼女の衣類の包みをもって来た。

バアの横の扉をあけると、意外な近くに狭い階段が屹立《きつりつ》している。楠が昇る。郁子は彼女の包みを抱えて昇ってゆく楠の背広の背が活潑《かっぱつ》な動きでしなやかな流線をえがき出すのをじっと見上げた。彼女は決心して足早に昇り出した。階段の途中で楠に追いついた。

「どこのお部屋？」

彼女は彼のうしろから無邪気そうにこうたずねた。楠は鋭い身振でふりむいて、少し神経質に笑いながら言った。

「大丈夫ですよ。安心なさい」

二階の廊下の最初の右扉をあけて郁子を導き入れる彼の甲斐々《かいがい》しい身振には、何か事務的なものがあった。

『社の事務室にいらっしゃるときとおんなじだわ。私を女事務員のようにお扱いになる』

彼女は包みをうけとると、こう言った。

「お入りにならないでね」

「入ってどうするんです」

「あなたって何が面白くてそんな仰言《おっしゃ》り方をなさるんでしょう」

「何も面白いことがないからですよ」

ふと郁子は自分でも思いがけないことを言った。

「それじゃあお入りにならない？」

「だからさ、入ってどうするんです」

郁子はこの冗談の中に刃《やいば》を感じた。彼女は蒼《あお》ざめて立ちすくんだ。自分の持っている大きな包みに甚しい屈辱を感じた。床に落した。それから昂奮《こうふん》した慄《ふる》えを帯びた声でこう言った。

「あたくしをこんなみじめな気持にさせた方はあなたがはじめてだわ。こんな風呂《ふろ》敷《しき》包みを下げて知らない部屋に入って行ったりするの、どうしていいかわからないわ」

「だって着更《きが》えればいいんでしょう」

「いや。あなたもお入りになって」

「お供がいないと着更えもできないの」

郁子は楠の手をつかんだ。楠はその手を軽く外して室内へ入って来て後ろ手に扉を閉めた。

室内は派手な壁紙を貼りめぐらした平凡な寝室である。ダブルベッドにブルウの絹の寝台掛《ねだいかけ》がかかっており、それが部屋の中央に大々と寝そべっている。他の家具はベッドのために、侍女のようにおそるおそる片隅に控えている。壁に十五年も前の日米対抗庭球試合の記念写真が額に入ってかかっていて、ラケットを手にした人たちがずらりと並んでいる半ば黄ばんだこの写真は、部屋の片隅に飾られた巨《おお》きすぎる色褪《いろあ》せた仏蘭西《フランス》人形とふしぎな対照を見せている。郁子は楠が椅子にかけるのを見ると、

「いや、こちらの椅子にお掛けになって」

と言った。

楠は大人しくベッドに背を向けた椅子に腰かけた。郁子はベッドを隔てた洋服箪《だん》

笥《す》の前へ行った。ベッドの上で包みを解いた。

「こっちを御覧にならないでね」

「はい、はい」

楠は煙草を吹かして大人しくあちらを向いている。郁子は鳥のような身振で背中のホックを外した。楠のほうをちらと見る。彼は涼しく刈り上げた襟首を見せて、むこうを向いている。彼女はそれを見なかったふりをして、また洋服箪笥のほうを向いたまま、

「御覧にならないでね」

と言った。彼女は素速くシュミーズの上から長襦袢《ながじゅばん》を着て、喪服を重ねた。そしてベッドに腰かけ、白の平絽《ひらろ》の長襦袢のなだれかかる下から形のよい脚をさし出して、ナイロンの靴下を脱いだ。

「御覧にならないでね」

と郁子がまた言った。

「疑り深いんですね」

楠はまだ従順にあちらを向いている。郁子は放埒《ほうらつ》な腹立たしさから、楠に敵意を感じた。こうして剛情な恋人同志は背中を向けたまま、おのおの敵意と戦った。十分すぎた。楠は目の前に喪服の美しい若い夫人が立っているのを見出《みいだ》した。

「接吻《せっぷん》をして下さらないの?」

と郁子が言った。楠はお座なりの接吻を与えてのち、頼んでおいたハイヤーが来ているかどうかを見に部屋を出て行った。

郁子は喪服のまま取り残された。脱いだ衣類を風呂敷に包んだ。自分の美しさの自信を半ば挫《くじ》かれた彼女は、追い出される家政婦のように自分を想像した。

楠が傘をさしかけて郁子を裏口から見送った。車が動き出した。彼は、(恥しいことだが)、五分あまりそこに立っていた。

『畜生! もう少しでも醜い女だったら、俺もこうまで意地を張ることもあるまいに。何という魅力だ。あの喪服の美しさと云ったら』

彼は人道的な気持から獲物をのがしてやった猟師の後悔に、このやるかたない痛恨をなぞらえることで自分をごまかした。

喪服の彼女の唇は、黒鳥の一点の血のようであった。

十八

お通夜の席上で郁子の物思わしげな様子はその場に大そうふさわしく、こんな見事な哀悼の表情のかたわらに、あいかわらず無邪気で軽率な恒彦の笑顔を見ることは、はからずも悔み客一同の陰気な退屈を慰めた。

久々に会った大伯母《おば》のごときは、郁子のつつましさに甚だ感嘆して、たまたま郁子が席を立った際に、恒彦にこう言った。

「当節のお通夜はどうも不謹慎でね。まったくひどいからね。さっきもわきをとおったら、あの人たちは女の品定めをやっていたよ。おっそろしく真剣な顔をして議論をしているから何事かと思ったらそれなんだよ。そこへゆくと郁子さんは感心ですよ。今どきの若い人にはめずらしいよ。一度も笑わないね、なかなかああはできないもんだ」

それをきいてはじめて恒彦は、郁子が笑わないことに気がつくのであった。彼はびくっとした。その瞬間、自分が妻について何一つ知らないことを思い知らされるような気がして。

とはいうものの自分の性格が、こうした危惧《きぐ》に永くかかずり合っていることのできないものであることも、恒彦には少しずつわかりかけていたのである。何が彼を賢くしたのか？　彼が自分について知るようになったのは何の賜物《たまもの》なのか？

忽《たちま》ち永い笛のような嗚咽《おえつ》が、睡気《ねむけ》におそわれだしていた人々をおどろかした。股《もも》引《ひき》のような細い縞《しま》ズボンで畳をいざって来て、焼香をはじめたと見る間《ま》に、双手《もろて》で顔を覆って泣き出したこの弔問客は、故人のおかげで一書生から身を起し郷里の地方鉄道の社長にまでなった人物で、新潟からかけつけて深夜に及んで鎌倉へ到着したのである。

この感心な男は、鎌倉の方角へ足を向けて寝たことがないというのを自慢にしていたが、泣いているうしろ姿を見るとよれよれになった白靴下の足はむやみと大きく、こんな足を向けて寝られた日には夜っぴてうなされそうに思われた。

しかし常ならず感動しやすくなっていた郁子の心は、この俗悪な男泣きにも他愛なく動かされ、目には理由のない涙がうかんで来た。ところが恒彦はというと、村松恒彦という札を立てた一対の花籠が、ほかの大々的な花籠《はなかご》のかげに置かれて、ほとんど目につかないことばかり気に病んでいた。もう二三百円奮発すればよかったのである。そうすれば百合《ゆり》だけでもまだ五六本ずつはふえたであろう。こんな可愛らしい悔悟の念にたえかねて、彼は妻に耳打ちした。

「うちの花籠がもうすこし大きかったらね」

郁子は顔を向けた。その目頭にかがやいている涙を見ると、恒彦は不安にかられた。

「どうしたっていうの。泣いたりして」

良人《おっと》の声にこもる軽い非難の響をきくと、郁子は彼女自身のそうした放心にちかいやさしさを、すぐさま偽わらねばならないという義務にかられて、にべもなくこう言った。

「泣いてなんかおりませんわ。ただ眠いのよ。眠いのを我慢していると、涙が出て来ますの」

するとも恒彦もにわかに睡気を催おした。

「まったくかなわんね。せめて二時になったら寝《やす》ませてもらおう」

この夫婦はこのような瞬間に、気づかぬながら、お互いのいちばん近くにいるのかもしれないのであった。郁子は柩の前にいるような屈辱を感じずに、恒彦はまたひとしお気楽に、ちょうど楽屋にいるときの役者同志のような親しさで、お互いにあくびをこらえていたのだから。

郁子は耳もとできこえる新潟からの弔問客の騒々しい悔み言葉を、夢うつつにきいた。仏前の蠟燭《ろうそく》が尽きたので、モーニングコートの喪主が立って蠟燭をとりかえる。その新らしい焔《ほのお》のまたたきがにじんで見える。

「先生が亡くなられたあとの世界は、これは儂《わし》にとっては太陽のない世界でありまして、これからは生きてゆく甲斐《かい》もありませんのです。儂はもう余生を送るだけだ。あーあ、先生の身代りに儂の命を召されていたら、どんなにか仕合せでしたろう。儂の命に比ぶれば、先生の御命は千倍万倍の値打がありましたのに、世の中はままならんものでございますなあ」

この義太夫節のような述懐は、若い悔み客の失笑を買い、恒彦の若い従妹弟《いとこ》たちはとうとう別室へ逃げて行ってお腹《なか》を抱えて笑い合った。恒彦は持ち前の物好きから郁子と連れ立ってこの隠密な騒ぎの見物にわざわざ別室へ出向いたが、そこでは慶応の制服を着た少年たちやセーラー服の少女たちが、笑いをこらえるそばからくすぐり合って、しかも笑い声を立てまいとして苦しがっていた。かれらはちっとも睡たがっていない。むしろ公然たる夜明しがうれしいのである。なかでもいちばん年下の十二三の男の児《こ》は、昂奮《こうふん》のあまり充血した目を長い睫《まつげ》の下からのぞかせて、年長の従兄姉《いとこ》たちの尻馬《しりうま》に乗ってわけもわからずに可笑《おか》しがっていた。これを見ると恒彦がこう言った。

「こらこら。お通夜にげらげら笑ってちゃいけないね」

一人の少女が手をのばしていきなり恒彦をくすぐった。恒彦はこの一撃でまるで重傷を負ったような身振りをしたが、立直ると、今度は大そう厳粛な口調でこう宣言した。

「よろしい、やろうと思ったチョコレートも、こんな待遇をうけてはやれなくなった」

言い了《おわ》らぬうちに、従妹弟たちは彼のポケットというポケットに手をつっこみ、難なく戦利品を手に入れたが、出てきたチョコレートは都合八枚で、その数の夥《おびただ》しさが郁子の目をみはらせた。

「何がはじまったの」

こう言いながら一人の少女の母が様子を見に現われた。

「恒おじさまにチョコレートをいただいたのよ」

「まあどうも。あなたったら子煩悩の素質があるのね」

少女の母はそう言うとちらりと郁子を瞥見《べっけん》した。郁子にはこの御節介な視線はさほど応《こた》えなかった。彼女は自分にもし子供があったらと想像した。この想像のほうが何故ともなしによほど彼女を戦慄《せんりつ》させた。

「本当にもう失礼して寝もうか」

恒彦がそばへ来て郁子の肩へ軽く手をかけた。たまたまあくびを嚙《か》み殺したので、無邪気な潤んだ目つきになった。

「よくまあ沢山チョコレートをお買いになったものね」

「ああ、銀行のかえりに放出物資の店の前をとおったものだからね」

郁子は良人が一人でチョコレートを買っている姿を想像すると、或《あ》る言いしれぬ寂しさに襲われた。彼女は良人の子供らしい無自覚な孤独の上に、彼女自身の孤独を重ねてみた。そういう孤独を温めあうために結ばれたような夫婦もままあるものだが、恒彦と郁子は決してそうではない。

『私が一人ぼっちだということを良人にさとられてはならないのだわ』
と郁子は考えた。これが彼女の新たな虚栄心の発露である。

十九

あの鎌倉の倶楽部《クラブ》の一夕から、楠はその身に焦躁《しょうそう》のほのめきを感じるのであった。復讐《ふくしゅう》は心の重荷になり、夏休みの宿題のような鬱陶《うっとう》しい義務観念で彼を苦しめた。滑稽《こっけい》なことは彼がこの義務を、郁子に対して負う義務のように錯覚しはじめていたことである。

こんな場合に重宝な考え方は、心の欲するがままに行動することを妨げるあらゆる意地やわだかまりを一律に「子供らしい」ときめつける考え方であったが、楠は自分の固執を子供らしいとは十分思いながらも、何かしら捨て去りがたいものを感じており、それを一概に未練や不決断の名で片附けるわけにはゆかなかった。この場合、(すでに倶楽部の別れぎわがその瞭然《りょうぜん》たる証《あか》しであったが)、復讐を企てている彼のさまざまな意地っ張りは、この恋の精神的な部分をうけもつもので、一歩しりぞいてもし彼が現在心の赴くがままに行動すれば、肉ののぞみは容易に遂げられても、なお故しれぬ空虚に逢《あ》うべきことは必定だった。そうだ、楠の心は郁子を苦しめることにむしろやさしい無垢《むく》の愛を見出《みい》だしていたのである。

彼自身を苦しめているのもまた、この優雅な汚れのない愛であった。それは彼を苦しめるあまり、彼自身によって憎まれるまでにいたった愛であった。希《のぞ》むものが得られないで希むものを呪《のろ》うようになる一本気な子供のように、楠はあの岸田銀行でうけとった手きびしい手紙このかた、郁子を信じようと思っても信じきれない彼自身の疑惑の心に逆らいかねて、この疑惑をねじふせてしまうには、郁子に対する残酷すぎる懲罰の方法しか存在しないと考えるにいたった。読者はすでに気づかれている筈《はず》だが、こういう楠の心のうごきは、恋人のそれというよりもむしろ良人《おっと》のそれである。おのが務めをおろそかにする恒彦のような良人の役目を、われしらず楠は代行しているのだった。楠の疑惑は世の誠実で鋭敏な良人の感じる疑惑であり、彼の企てている復讐は良人が考え出すような教育的な鞭《むち》であった。この点で自他共に彼は判断をあやまっていたと云うべきだが、楠は決して「女蕩《おんなたら》し」などではなかった。彼は誠実な恋人だったのである。この点で郁子の警戒も、はじめから見当ちがいでなかったと誰が云えよう。

或る日実家へ遊びに行った郁子は、たまたま家にいない露子についての母の気楽な説明をきいて、この鼻柱のつよい妹に、常に似げない親しみを感じたが、岸田夫人の説明というのはざっとこんな調子だった。

「あの子はもうおしまいよ。私はそう見ているのよ。私の勘はこれで相当たしかなんだから。はじめのうちはあの子も許婚《いいなずけ》に捨てられると、男友達を大ぜい作って、いわばまあ、男から男へ渡り歩いて、自分をあばずれ女のように想像してよろこんでいたものだわ。それがこのごろじゃ、友達一人よせつけるじゃなし、家の人とも口をきかないんですもの。その上まあ気味がわるいじゃありませんか、ぷいと一人で散歩に出るのが、このごろのあの子の唯一の道楽なのよ。それも外へ行って悪いことをしてるというのじゃなし、ただそこらじゅうをほっつき歩いて、くたくたになって帰ってきて、それからどうでしょう、晩ごはんを中学生みたいにたくさん喰《た》べるの。あの子はもう男になってしまったのじゃないかと思うことがあるわ。だってあなた、近所の腕白小僧とキャッチ・ボールなんかするんですからね。ちょっと信じられないでしょう。うちで一人気違いを飼ってるようで、世間体がわるいったらないわ」

「ママは呑気《のんき》ね。御自分の娘のことを仰言《おつしや》ってるようにきこえはしないわ。まるでひとごとみたいだわ」

「だってひとごとじゃないの。いくら親子だって、あの子の考えてることなんかまるきり私にはわかりませんもの。あの子は貞操だの行儀作法だの純情だの、若さだの教養だの、そんなものを十把ひとからげに軽蔑《けいべつ》しているんです。そうかと思うと、ジャズレコードにやすりをかけて妙な音にしてかける趣味があるし、（あの子はやすりのかけ方で、タンゴがワルツにもなり、ワルツがフォックス・トロットにもなるというけれど、まさかね）、雨の日に傘をささずに歩いてみたり、お天気に雨傘をさしてみたり、ショーツがわざとほころびるように縫目の糸をゆるませたり、ごはんに牛乳をかけてたべたり、おみおつけにチーズの実をうかべたり、勝手放題な真似をするんだものね。そうしてちょっと苦情をいうと、たちまち一人で散歩に出てしまうのよ」

　二人は露子のことを、そういいながらも気軽な談笑の種子《たね》にしていたが、岸田夫人の心痛のあらわれは、概《おおむ》ねこういうあらわれ方しかしないのである。岸田夫人は母性愛について一種独特の見解をもっていたが、微笑を誘うに足るその無頓着《むとんちゃく》は、実は彼女固有の、人にわからない心痛の姿なのである。着物の胸もとをいくらあわせてもだらしのない着方だと云われざるを得ない人があるもので、多くは当人のだらしなさのせいではなく、ただ単に肥《ふと》っているせいにすぎない。

　郁子はこんな噂話のあいだにも露子のかえってくる気配がないので、彼女の留守の部屋を訪れて見る気になった。この甚だ手強《てごわ》い姉妹は学校時代に、よくお互いの日記をのぞいたもので、もしのぞいたことがばれようものなら、二人の敵意は相手に毒を盛りかねなかったが、お互いがその危険をよく承知している結果、日記をのぞいた痕跡《こんせき》は、いとも念入りに拭《ぬぐ》われるのであった。

郁子は露子の昔から好きだった額や壁掛がそのままにあるのが大そうなつかしく、ひとつひとつに盲人のように手をふれて歩いたが、この部屋に微妙な悪化の兆候があることは、本棚ひとつを見ても想像がついた。むかしジョルジュ・サンドが好きだった露子は、今はどういう魂胆か、「茶道読本」とか「法華経講話」とか「ウォール街と兜町《かぶとちょう》」とか「蟻の生態」とかいう愚にもつかないものを読んでいた。そして太い芯《しん》の赤鉛筆で、気に入った箇所に乱暴なサイドラインを引いているが、何のためのサイドラインか見当もつかず、退屈の慰めに所かまわず引いているのではなかろうかと思われた。

郁子はふと机の上に口をあいたまま投《ほう》り出されているプラスティックのハンドバッグを見出《みいだ》したが、これを見るといつぞやの美術倶楽部のかえりに良人が目を丸くして話した挿話、彼が岸田夫人からきいたという呆《あき》れ返った挿話が思い出された。露子がいつも青酸加里をハンドバッグに入れて歩いているという話である。

青酸加里というのがいかにも露子らしいと、その話をきいたとき郁子は笑った。もっと新手の睡眠薬なり、砒素《ひそ》剤なりがありそうなものであるが、もともと自分が飲むつもりはなく宣伝用にもちあるくような毒薬としては、死苦の多少は選択の目安にならず、ただ名が通っていさえすればよいわけである。大衆的な毒薬は、毒の本来の効用に加うるに、「有名」という毒でも十分人を中《あ》てるからであろう。

――郁子はこの話を思い出して、ハンドバッグの中をのぞいたが、そこには洒落《しゃ》れた青い三角の包紙が、これ見よがしに鏡と財布のあいだに挟まれ、とり出してみると(どこまで悪趣味になったのか想像もつかないが)その包みに金いろのインクでSEISAN・KARIというローマ字が書いてある。おそらく学名は知らないのである。

包みをひらくと更にセロファンの包みがあり、中にはそれらしい粉末が白く光っている。

『本ものだかどうだかわかったものじゃないわ。見たところ、重曹のようでもあり、粉石鹼《せっけん》のようでもあり、甜菜糖《てんさいとう》のようでもあり、それをみんなまぜて作ったのかもしれやしない。本物かどうかは飲んでみればすぐわかる筈だけれど、のんでみる勇気がまだ出ない。露子だって、本ものかどうか知らないのかもしれない。人から貰《もら》ってそのまま持ち歩いているものかも知れない。可哀想に露子もまだ、贋物《にせもの》だと信じて飲むほどの、悪ふざけの勇気が出ないんだわ』

彼女はふといたずら気にかられて、こんな薬を自分のハンドバッグに入れて持ちあるいたらどんな気持がするだろうかと考えた。彼女は思ったとおりにしてみて、さて腕をあげて、自分の手提袋を軽く揺らした。心なしか腕は軽い快いしびれをおぼえ、何とはなしにものに酔うような心地である。

「こんなところで何してるの。いらっしゃいよ。お茶が出来ていてよ」

扉口にあらわれた岸田夫人のこの叫びをきくと、郁子はそのまま夫人のあとについて部屋を出たが、人間の心には咄嗟《とっさ》の盲点があるもので、妹の薬をもって来てしまったことに気がついたのは、それから二三分してのちのことである。ここにいる間に露子が帰ってきたら返してやろう、帰って来なければ返してやるまい、と郁子は小さな賭事《かけごと》をした。露子はとうとう帰って来ない。そこで郁子はそのまま帰った。

二十

梅雨が果てようとして、すでに夏そのままの眩《まば》ゆい晴天の幾日かもあったのに、この二三日が最後と思われるむしむしした雨降りの或る午後のこと、郁子はこの前楠と約束をしたある喫茶店で彼を待った。楠の車が止った。重役風の男が同乗している。楠だけが下りると、運転手にその客を家まで送るように言い含めているらしく、勢いよくひろげた蝙蝠傘《こうもりがさ》の下での慌しい会話があった。運転手が車内にかえる、車がうごき出す、これを見送って楠が店へはいってくると丁度約束の時間であった。今日はめずらしく定刻に楠がやってきたので、郁子はその喜びを隠さなかったが、こんな彼女のへりくだった喜びを見ることが心苦しそうな楠は、はやばやと店を出て、先に立った。どこへ行くのかを訊《たず》ねないことが郁子のこのごろの習性になった。彼女は、すぐちかくの新橋駅前の交叉点《こうさてん》で楠が立ちどまるのを見て、やっと追いついて肩を並べた。彼の大股《おおまた》な歩き方に歩調を合せるのは難儀だったのである。

新橋駅で楠が買った切符に鎌倉の駅名が読まれると、郁子は今しがたそこはかとなく抱いた希望が、又しても冷たい繰り返しで打ち挫《くじ》かれるのを感じた。

『また例の倶楽部《クラブ》にちがいない。あんなところがどうしてお好きなのだろう。私を辱しめる役に立たないあんなところが……』

横須賀線の車中も二人は黙りがちで、雨にけぶっている工場街の風景に時折走らせる目が会うだけだったが、二人の傘の先から流れ出る雨水が、床の動揺につれて黒いつややかな描線をくねらせ、衝撃によってふと流れを合わせて一方へすばやく流れるのを見出すと、郁子と楠はおもわず微笑の目を見交わした。二人はこれらの瞬間に幸福であり、黙ってめいめいの幸福を享楽していることを妨げられはしなかったのである。

鎌倉につく、裏口へ下りる、そこまでは同じであったが、楠はハイヤーを雇った。してみると倶楽部ではないのである。

扇ヶ谷《おうぎがやつ》の懐風苑は、谷戸《やと》のひとつの山ふところに身をひそめた閑雅な宿で、戦前から名が高い。東京から芸妓《げいぎ》をつれて来泊する知名な実業家の何人かが、ここの女将《おかみ》のために揮毫《きごう》をした額は、大広間にだけ掛け並べてあるが、その俗っぽい拙劣な書は、庭のすみずみに建てられたさゝやかな離れ座敷の床《とこ》にはふさわしくないからだ。そこで女将は茶掛けの蒐集《しゅうしゅう》に苦心をした。ハイヤーに五分ほど乗って到着したその宿で、楠と郁子がとおされた離れの床には、夢窓《むそう》国師の「夢」の一幅が懸っている。

宿につくと楠は甚だ闊達《かったつ》に振舞ったので、彼の底意は、もはや疑いようのないものになった。その実楠は、自分がこの期《ご》に及んで復讐《ふくしゅう》の機会を逸するかどうかに、まるで他人事《ひとごと》のような不測のよろこびを賭《か》けていた。まだおそくはない。終電車まで引き止めて帰ってしまうこともできるし、郁子を土壇場まで来てはぐらかす何程の機会はまだあるのである。

風呂《ふろ》がすすめられた。楠と郁子は別々に入った。郁子が羞《は》じたのではなく、楠がそう取り計らったのである。

こういう宿での数時間の描写は、何の意味をもたないし、また意味を含ませようと思えば、それも容易である。しかし言っておいてよいことは、薄暮から深夜へ移ってゆくその数時間は、二人にとって短かくなかった。長かった。懐風苑の美しい庭は雨に煙って、おぼろげな緑の中に暮れて行ったが、その芝生の曲折も、物思わしげな暗い繁みも、雨に包まれて玉《ぎょく》のような微光を放っている。九時をすぎても楠はかえろうと云わないので、郁子は胸さわぎに耐えかねた。彼女には彼の意志をただ忖度《そんたく》することが出来るだけで、言葉に出してきくことは決してできない。きかなくたってわかりそうなものだが、そう言い切れないものが楠の態度にあった。彼は黙って、いらいらと窓外の闇を見つめていたが、雨はやや小降りになったように思われる。郁子は見るともなしに次の間の四畳半を眺めたが、そこにはまばゆい白さに光っている敷布が見えるだけだ。

「家へ電話をかけてまいりますわ」

郁子が云った。

「うん」

「どこ?」

「この電話で帳場へ申込めばいい」

「かけるわ」

「いい。僕がかけましょう」

彼が東京への至急報を申込んだ。郁子はわざと浴衣《ゆかた》を着ずに、来たときの洋服に身を固めていたが、この点は楠も同じで、宿の女中は訝《いぶか》しそうに二人を眺めた。彼女は東京の電話にやがて恒彦が出て来ると思うと、心は惑乱し、理性を失った。

「何て云ったらいいでしょう。主人が出て来たらどうしましょう」

「恒彦君をぜひ電話口へよぶんですね」

「あなたがお出になるの」

「いや僕は出ない」

「あなたがお出になったら大変だわ。でもどうして主人を呼び出すの？」

「恒彦君とあなたが話すんですよ」

「何を」

「そうしなきゃ、意志が疏通《そつう》しないじゃありませんか」

「意志って？」

楠は微笑した。

「こうおいいなさい。楠さんと今一緒にいる、今晩はここに泊る、それだけでいい。恒彦君にそれだけ云えば、僕は全責任を負う」

「もし主人が留守だったら」

「のぶさんでも話は通じるでしょう。御主人に伝言してくれといっておけば」

「まああたくしそんなこと言えないわ」

「言わなければ、それも結構です」

「あなたは今まであたくしを庇《かば》って下さったし、良人《おっと》の眼につかないようにこまかく気をつかって下さったわ。急にそんな風にお変りになるなんて、あたくしわからないわ」

「変りはしませんがね、別に。ただ電話口であなたがそれを一言二言だけはっきり仰言《おつしや》ればいいんです。目をつぶって言ってしまえばすむことじゃないですか。言ってしまった途端に電話を切ってしまえば、すむことじゃないですか」

「あたくしの口からそんなことを主人にお言わせになるのは残酷だわ」

「だってあなたはそうされるだけのことをしたんだから仕方がない。目をつぶって言うんです。僕はそれだけで何もかも水に流しますよ。何でもないじゃありませんか。ちょっと虫歯を抜くくらいの痛みだ」

「あとが痛むわ」

「それは僕が責任をもつと云っているんだ」

こういう口論の只中《ただなか》に、帳場の電話が、村松家が出たことをつたえた。二人は傘をさして石段を下りて母屋へ行った。一つ傘で険しい石段を下りるのである。楠は郁子の体を支えてやったが、その肩が甚しく慄《ふる》えているのにおどろいた。

電話室で郁子がかけているあいだ、楠は応接間の椅子にもたれて、じっと郁子の慄えている声音をきいていた。その声は大そうやさしく、熱意に充ち、感づかれまいとする苦悩で慄えていた。この美しい声を楠は電話口で幾度となくきいたのであるが、これほど切なく聞いたことはないような気がした。彼の心は、彼女の声のふるえの一つ一つに動揺した。

「もしもしのぶ？」と彼女は言った。そして声をひそめるように、「旦那《だんな》様は？」ときいた。やがて恒彦の出てくる気配がして、郁子は何かしきりに言われていた。

「ええ、ええ」

郁子はうなずいている。それがいつまでもつづく。郁子の声がすこし途切れた。楠は耳をすました。すると彼女が世にも晴れやかな無垢《むく》な声でこういうのがきこえた。

「今どこって？　さっき申上げなかった？　鎌倉のおばさまのところよ。さびしいから来ておくれと仰言るからうかがったの。ええ、泊れとおっしゃっておききにならないのよ。ええ、……ええ、あしたの朝早くかえりましてよ。……ええ、おやすみなさい」

楠が応接間を出たのと郁子が電話室を出たのと、殆《ほとん》ど同時である。二人は顔を見合わせた。郁子は蒼白《そうはく》になり、ほとんど倒れそうにみえた。この女のどこから今しがたの朗らかさが出て来たか疑問であった。

二人はそのまま離れへかえったが、楠はそれから口をきかなかった。そしてもう一度風呂に入ってくると云って出て行ったが、それを彼が決心して自分で恒彦に電話をかけたのだろうと考えた郁子は、一時間たっても彼がかえって来ないのにおどろいた。帳場へ問い合わせてみると、彼は一寸《ちょっと》二三間先の親戚《しんせき》に用があると云って出た由だった。実は楠は例の倶楽部へ出かけたのである。彼はそこで一晩飲み明かし、あやしげな女を抱いて、朝八時に目をさました。まだ郁子が彼を待ちつづけて懐風苑にいれば、彼女を恕《ゆる》してやってもよかった。彼は久々によく晴れた明るい朝の道を、懐風苑まで歩いてかえった。宿の入口には二人の警官が立っていた。離れへ行くと出会頭に声を立てて泣いている恒彦に会った。郁子は毒を嚥《の》んで死んでいた。

その晩、夜中の三時に、恒彦はきちがいじみた電話で起されたのだった。郁子がさきほどの朗らかさとはうってかわって、半ば泣きながら、子供のように訴えていた。それが深夜の、都会を隔たった鎌倉のひとつの谷戸《やと》からここまでひびいてくるふしぎな鳥の啼《な》き声のようにきこえた。

「今懐風苑にいます。さっきのはうそよ。楠さんと一緒なの。あたくしむりに連れて来られたの。でもあたくし楠さんを愛しておりますの。それなのに、楠さんはあたくしをお捨てになったの。ここにはだれもいないの。いいえ一緒ではないの。さっきまで一緒だったの。今はそうじゃないの。あたくし一人ぼっちなの。あしたの朝一番の電車で迎えにいらして。おねがいだから、きっと迎えにいらして。……あたくしいま一人きりで泊っているのよ。とてもこわいの。どうしていいかわからないくらい。……ええ、もう四時間も一人きりで置かれているの。だめなの、楠さんはもうあたくしをお嫌いなの。……迎えにいらしてね、きっと迎えにいらしてね」

郁子の葬《とむら》いがすんだときに恒彦はかたわらの沢田にこうたずねた。これはもっとも愚直な、またもっとも当然な質問である。

「僕がひとつ疑問に思っていることがある。郁子は楠とほんとうに一度もまちがいを起さなかったのかしら」

するとこの信頼のおける親友はたのもしげに答えて、憐《あわ》れな良人《おっと》を慰めた。

「そりゃあそうだ。郁子さんはそんなことのできる人じゃない。これだけは僕が太鼓判を押すよ。君の家に置いてもらったおかげで、僕にもいくらか郁子さんという人はわかっているつもりだ」

解説

小池真理子

『純白の夜』は、昭和二十五年（一九五〇年）、一月から十月まで「婦人公論」に連載後、十二月に中央公論社（現・中央公論新社）から刊行された。

三島由紀夫は当時、二十五歳。それまで勤めていた役所を辞め、創作に専念し、初の書き下ろし長篇『仮面の告白』を発表したのが、その前年の昭和二十四年。三島が一躍、脚光を浴び、一挙に作家としてクローズアップされた時期に書かれた作品である。

同年には、書き下ろし長篇『愛の渇き』を新潮社から、さらに同社での『青の時代』の連載、刊行……と続き、三島由紀夫の名は、短期間のうち、あまねく世間に知れわたった。即ち、文学史的に言えば、『仮面の告白』で一世を風靡《ふうび》した三島の、初期の文学的収穫期に書かれた作品の中の一つが、本書『純白の夜』ということになる。

それにしても、いかに天賦の才に恵まれていた作家とはいえ、わずか二十五歳の若さで、かくも緻密《ちみつ》で完璧《かんぺき》な恋愛心理小説を書くことができるものだろうか。ここには、冷たく鋭利なメスで正確にさくさくと刻まれ、分断されていく時の、人の心の断面が描かれている。もはや、怪物的な才能と言うほかはない。

＊

バルザックの作品をこよなく愛好していた三島は、そのバルザック論の中で、「最も卑俗なものを最も悲劇的なものに高めねばならぬ」と書いた（なお、この一文は、今も昔も、私にとって座右の銘であり続けている）。

テレビのワイドショーやニュース、週刊誌などで、無数に取り上げられ、一過性の話題にされては、泡のごとく消えていく、低俗でありふれた事件の数々。世界の至るところで起こっている、夫婦や恋人たちや家族の諍《いさか》い。剝《む》き出しの欲望。嫉妬《しっと》。憎しみ。猜疑《さいぎ》心。復讐《ふくしゅう》。女たちの打算的な悲鳴。男たちの血なまぐさい慟哭《どうこく》……。

……それらは限りなく卑俗なものでありながら、ひとたび三島由紀夫という作家の中をくぐり抜けたとたん、壮大な美しい悲劇に変容する。

読者は、「よくある話」もしくは「ニュースやワイドショーで聞きかじった話」が、みるみるうちに悲劇の形式をとり、華麗な文章で丹念に綴《つづ》られていくのを目の当たりにしながら、軽蔑《けいべつ》すべき卑俗の中に隠されていた気高い真実を見せつけられることになる。

三島こそが、バルザックを超えて、まさしく「卑俗なものを悲劇に高め続けた」作家ではなかっただろうか。

本書のみならず、彼の作品には、長短篇を問わず、常に悲劇の香りが濃厚に漂う。それは世界のどこかで今も絶え間なく起こっている、取るに足りないほど小さな、忌ま忌ましい、しかし、人を絶望させ、苦しませてやまない出来事、不条理な現実に向けた、作家としての三島のかかわり方、姿勢であるとも言える。人生の苦悩を「壮絶な悲劇」として捉《とら》え、俯瞰《ふかん》してみることにより、不思議にも人は救われる場合がある。三島はその「方法」を幼いころから知り尽くしていたように思う。

三島は戯曲好きでもあり、自身も多くの戯曲を書いた。彼が戯曲の構造に惹《ひ》かれたのもうなずける。戯曲、というのは即ち、舞台の上で演じられるドラマであるのだが、三島もまた、自分の実人生をどこかしら、舞台の上のドラマのように捉えていたとしか思えない。彼は死ぬその瞬間まで、自身の人生の演技者であり、演出家であり、同時に観客だった。彼にとっての現実は実体のないものに過ぎず、彼はおそらく、生涯、彼自身が生み出した虚構をしか生きなかったのである。

本書『純白の夜』においても、三島由紀夫のそうした戯曲的要素と悲劇的要素を存分に読みとることができる。初期の作品であるせいか、筆の運びが後期のものに比べて初々しく、その分、三島特有の気配は隠さず浮き彫りにされている。

主な登場人物は三人。銀行員である村松恒彦と、その美貌《びぼう》の若い妻、郁子。恒彦の学生時代の友人で、病弱の妻をもつ楠。

恒彦から郁子を紹介された楠は、すぐさま郁子の虜《とりこ》になり、郁子もまた、初めから彼に強く惹かれる。共に貴族的精神をもつ二人は、それぞれ、決して本音をあらわにせず、あたかも恋の遊戯を楽しんでいるだけのようにふるまい続けて、互いを克明に観察し合う。

郁子にいたっては、パーティーの席上、そっとバッグの中に入れられた楠からの恋文を夫に見せる、という「貞淑な人妻」の役を演じようとさえするのだが、そうした演劇的計算が働く分だけ余計に、楠に向けた想いにこだわり、恋の勝敗にこだわる自分を発見し、うろたえるのである。

楠は、そのたびに翻弄《ほんろう》されながらも、郁子の魅力から逃れることができない。ついに彼は根負けし、白旗を振り、それを機に二人は秘密の恋仲になっていく……といった物語なのだが、このように説明していくと、当世風の「ダブル不倫の小説」を想像する読者もいるかもしれない。

話は少しそれるが、昨今、既婚者同士の恋を描いた小説に向けて、病的な潔癖さをみせ、反発してくる若い世代の読者が増えた。文学的に潔癖であるのなら、まだしも話はわかるが、そうではなく、たいていの場合、「不倫はよくない、人として許されることではない」とか「不倫をしたとたん、周囲も自分も不幸になる」といった、頑固で通俗的な道徳意識に縛られているにすぎないため、小説はそもそも、そのような姿勢で読むものではない、と説いても無駄であることが多い。

その意味でも、とりわけ若い読者、つまらない道徳観念や潔癖症候群にふりまわされている読者には、今こそ、是非この、三島流ダブル不倫の物語に耽溺《たんでき》していただきたいと思う。

この小説を読んで、やはり、「不倫は恐ろしい」と怯《おび》えたり、郁子や楠の心の動きを毛嫌いし、唾棄《だき》すべき人物だと感じる読者がいたとしたら、今後二度とこの種の作品に手を出すことなく、微温的な、あたりさわりのない、偽りの幸福物語だけを探して読むことを勧める。そのうち退屈し、あまりに自分の実人生、自分自身の魂の叫びとかけ離れていることを感じ、ばかばかしくなって、小説そのものを必要としなくなってしまうに違いない。

さて、郁子は夫を裏切っていない、と自分に言い訳しつつ、楠に溺《おぼ》れていき、楠は楠で、何があろうと、郁子ほどの女を諦《あきら》めてしまうのは神に対する冒瀆《ぼうとく》である、とまで考えるに至る。

三島由紀夫は、優雅な手さばきで、男と女の、それぞれの魂の外科手術を行ってみせる。メスで正確に切り開かれた魂の断面が見えてくる。作品の中に、言葉と化した血しぶきが飛び散る。それらの表現の、何と美しく、明晰《めいせき》であることか。

『不在というものは、存在よりももっと精妙な原料から、もっと精選された素材から成立っているように思われる。楠といざ顔をつき合わせてみると、郁子は今までの自分の不安も、遊び友達が一人来ないので歌留多《カルタ》あそびをはじめることができずにいる子供の寂しさにすぎなかったのではないかと疑った』

『貞淑というものは、頑癬《たむし》のような安心感だ。彼女は手紙といいあいびきといい、あれほどにも惑乱を露《あら》わにした一連の行動を、あとで顧みて、何一つ疾《や》ましいところはないのだと是認するのであった』

『楠のやさしいなだめるような表情には、病人をあやすことが上手な医者の落着きすぎた微笑があった』

……そしてエンディングに、三島はまさしく戯曲そのものを思わせる一幕を用意する。読者は、まさか、と呆然《ぼうぜん》としつつも、ミステリ小説のごとき周到さで、さりげなく張られていたささやかな伏線を思い出し、深く納得する。

これは三人の男女が繰り広げる、壮絶な悲劇、不条理の演劇なのである。

*

三島由紀夫は終生、存在の不安に脅かされ続けた作家であった。生きていることそれ自体に実感がない人間は、確かなものを手にし、確かなものを自分の中に取り入れようと必死になる。

だからこそ、彼は確かなもの＝演劇的秩序＝を愛したのだろう、と私は考えてきた。彼はその劇的な死に方によって、思想の側から語られることの多い作家でもあるが、それは大きな間違いである。三島由紀夫という作家は、あくまでも心情の面から語られるべきなのだ。彼は思想的な死を選んだのではなく、自分自身の死を選んだ。あの死をもって、彼が演出した自身の悲劇の幕が下ろされた。彼のシナリオは生涯を通して完璧に、彼自身によって演じられ、舞台は暗転したのだ。

彼の優雅な文体、美しいリリシズム、執拗《しつよう》で正確無比な描写は、どこかに過剰なものを感じさせる。存在の不安、生きていることの不安が過剰を生むのだとすれば、彼の過剰はそっくりそのまま、彼自身の不安を物語っているものだと言えないだろうか。

本書の最後に、次のようなくだりがある。

『郁子がさきほどの朗らかさとはうってかわって、半ば泣きながら、子供のように訴えていた。それが深夜の、都会を隔たった鎌倉のひとつの谷戸《やと》からここまでひびいてくるふしぎな鳥の啼《な》き声のようにきこえた』

ここで書かれた「ふしぎな鳥の啼き声」というのは、もしかすると三島が長い間、胸の内に聞き続けていた、自身の声だったのかもしれない。この、ガラス細工のごとき感受性とたぐいまれなる知性を具《そな》えた作家は、わずか二十五歳にして、自らの内部にこだまする、か細い悲鳴のような鳥の啼き声を聞き分けていたようにも思える。

本書は『決定版　三島由紀夫全集』（新潮社）を底本とし、現代仮名遣いに改めました。

本文中には、今日の人権擁護の見地に照らして、不適切と思われる表現がありますが、著者自身に差別的意図はなく、また、著者が故人であること、作品自体の文学性・芸術性を考え合わせ、原文のままとしました。

（編集部）

純白《じゅんぱく》の夜《よる》

三島由紀夫《みしまゆきお》

昭和31年 7月30日 初版発行
平成21年 2月25日 改版初版発行
令和7年 1月15日 改版23版発行

発行者●山下直久

発行●株式会社KADOKAWA
〒102-8177 東京都千代田区富士見2-13-3
電話 0570-002-301（ナビダイヤル）

角川文庫 15580

印刷所●株式会社KADOKAWA
製本所●株式会社KADOKAWA

表紙画●和田三造

●お問い合わせ
https://www.kadokawa.co.jp/（「お問い合わせ」へお進みください）
※内容によっては、お答えできない場合があります。
※サポートは日本国内のみとさせていただきます。
※Japanese text only

ISBN978-4-04-121210-3 C0193

◆◇◇

角川文庫発刊に際して

角川源義

第二次世界大戦の敗北は、軍事力の敗北であった以上に、私たちの若い文化力の敗退であった。私たちの文化が戦争に対して如何に無力であり、単なるあだ花に過ぎなかったかを、私たちは身を以て体験し痛感した。西洋近代文化の摂取にとって、明治以後八十年の歳月は決して短かすぎたとは言えない。にもかかわらず、近代文化の伝統を確立し、自由な批判と柔軟な良識に富む文化層として自らを形成することに私たちは失敗して来た。そしてこれは、各層への文化の普及滲透を任務とする出版人の責任でもあった。

一九四五年以来、私たちは再び振出しに戻り、第一歩から踏み出すことを余儀なくされた。これは大きな不幸ではあるが、反面、これまでの混沌・未熟・歪曲の中にあった我が国の文化に秩序と確たる基礎を齎らすためには絶好の機会でもある。角川書店は、このような祖国の文化的危機にあたり、微力をも顧みず再建の礎石たるべき抱負と決意とをもって出発したが、ここに創立以来の念願を果すべく角川文庫を発刊する。これまで刊行されたあらゆる全集叢書文庫類の長所と短所とを検討し、古今東西の不朽の典籍を、良心的編集のもとに、廉価に、そして書架にふさわしい美本として、多くのひとびとに提供しようとする。しかし私たちは徒らに百科全書的な知識のジレッタントを作ることを目的とせず、あくまで祖国の文化に秩序と再建への道を示し、この文庫を角川書店の栄ある事業として、今後永久に継続発展せしめ、学芸と教養との殿堂として大成せんことを期したい。多くの読書子の愛情ある忠言と支持とによって、この希望と抱負とを完遂せしめられんことを願う。

一九四九年五月三日

角川文庫ベストセラー

不道徳教育講座　三島由紀夫

大いにウソをつくべし、弱い者をいじめるべし、痴漢を歓迎すべし等々、世の良識家たちの度肝を抜く不道徳のススメ。西鶴の『本朝二十不孝』に倣い、逆説的レトリックで展開するエッセイ集、現代倫理のパロディ。

美と共同体と東大闘争　三島由紀夫　東大全共闘

学生・社会運動の嵐が吹き荒れる一九六九年五月十三日、超満員の東大教養学部で開催された三島由紀夫と全共闘の討論会。両者が互いの存在理由をめぐって、激しく、真摯に議論を闘わせた貴重なドキュメント。

夏子の冒険　三島由紀夫

裕福な家で奔放に育った夏子は、自分に群らがる男たちに興味が持てず、神に仕えた方がいい、と函館の修道院入りを決める。ところが函館へ向かう途中、情熱的な瞳の一人の青年と巡り会う。長編ロマンス！

夜会服　三島由紀夫

何不自由ないものに思われた新婚生活だったが、ふと覗かせる夫・俊夫の素顔は絢子を不安にさせる。見合いを勧めたはずの姑の態度もおかしい。親子、嫁姑、夫婦それぞれの心境から、結婚がもたらす確執を描く。

複雑な彼　三島由紀夫

森田冴子は国際線スチュワード・宮城譲二の精悍な背中に魅せられた。だが、譲二はスパイだったとか保釈中の身だとかいう物騒な噂がある「複雑な」彼。やがて2人は恋に落ちるが……爽やかな青春恋愛小説。